es 1023

edition suhrkamp

Neue Folge Band 23

Nachdem die amerikanische Fernsehserie »Holocaust« auch in Deutschland über die Bildschirme lief, schien es, als würden die Deutschen – nach mehr als dreißig Jahren – eine ernsthafte Auseinandersetzung mit der eigenen Vergangenheit beginnen. Nach einem Jahr ist von solchen Bestrebungen kaum noch etwas auszumachen. Einen Anstoß, der zur Wiederaufnahme dieser Diskussionen führen sollte, stellt Hanna Kralls »literarische Reportage« dar. Sie beschäftigt sich mit Marek Edelman in zweifacher Weise: Marek Edelman, der stellvertretende Kommandant des Warschauer Ghettoaufstandes von 1943, wird mit Marek Edelman, dem heutigen bekannten Kardiologen und Herzchirurgen, konfrontiert. Das Resultat dieser Konfrontation: Wenn sich auch die historische Abfolge lediglich als »Reihenfolge des Sterbens« erweist, so kommt es für den einzelnen darauf an, dem Tod ein Schnippchen zu schlagen, schneller zu sein als der liebe Gott. »Ich habe Hanna Kralls Bericht nicht nur als ein Buch vom Sterben empfunden. Ich habe in ihm vielmehr ein Buch vom Leben, für das Leben gelesen.« (Willy Brandt)

Hanna Krall, kurz vor dem Zweiten Weltkrieg geboren, arbeitet als Journalistin an dem in Warschau erscheinenden Wochenblatt »Polityka«. Veröffentlichungen: *Na wschód od Arbatu* (Östlich des Arbat) 1972; *Sześć odcieni bieli* (Sechs Weiß-Schattierungen) 1978; *Katar sienny* (Heuschnupfen).

Hanna Krall
Schneller als der liebe Gott

Mit einem Vorwort von Willy Brandt

Aus dem Polnischen übersetzt
von Klaus Staemmler

Suhrkamp

Titel der Originalausgabe:
Zdążyć przed Panem Bogiem
Wydawníctwo Literackie,
Kraków 1977, ²1979

edition suhrkamp 1023
Neue Folge Band 23

Deutsche Erstausgabe.

Satz: LibroSatz, Kriftel.
Druck: Nomos Verlagsgesellschaft, Baden-Baden
Umschlaggestaltung Willy Fleckhaus
Printed in Germany.

Schneller als der liebe Gott

Vorwort

Ein Bericht über den Kampf der äußersten Verzweiflung, der im Warschauer Ghetto geführt wurde, kann – auch wenn er literarisch gestaltet ist – eigentlich nur eine Dokumentation des Grauens werden, eine Darstellung von maßloser Unmenschlichkeit, unsäglichem Leiden, zahllosem Sterben. »Nichts Größeres als der Tod, und um den Tod ging es ja immer, nie um das Leben«, sagt der Arzt Marek Edelman, letzter Anführer dieses bis zum äußersten verzweifelten Kampfes.

Und dennoch: Ich habe Hanna Kralls Bericht, in dessen Mittelpunkt Marek Edelman steht, nicht nur als ein Buch vom Sterben empfunden. Ich habe in ihm vielmehr ein Buch vom Leben, für das Leben gelesen. Und damit meine ich nicht das Überleben der wenigen, die im Ghetto waren und gerade noch davongekommen sind, sondern die Mahnung an uns, die wir – zumeist ohne jedes eigene Verdienst – Überlebende sind. Es ist die Mahnung, der Zerstörung zu widerstehen, den Glauben an das Leben zu wahren und den Willen zum Überleben zu behaupten.

Hanna Krall klagt nicht an – was verfinge es auch in einer Welt der Grausamkeit, des Massenelends, in der die große Zahl bemüht ist, sich für nichtschuldig zu erklären. Die Verfasserin setzt der Menschlichkeit dessen ein Denkmal, der sich dem Sterben entgegenstellt – erst im Ghetto, dann als Herzchirurg.

Deshalb ist das Buch nach vorn gerichtet, dokumentiert es den Willen der Menschen und der Völker: zu überleben. Das macht die starke Resonanz des Buches in Polen aus; sie möchte ich ihm auch bei uns wünschen.

Willy Brandt

»Du trugst an diesem Tage einen Pullover aus roter flauschiger Wolle (›Es war ein schöner Pullover‹, hast du hinzugefügt, ›aus Angorawolle. Von einem sehr reichen Juden.‹). Darüber zwei Lederriemen über Kreuz und mitten auf der Brust eine Lampe. ›Hör zu, wie ich ausgesehen habe‹, sagtest du, als ich dich nach dem 19. April fragte.«

»Habe ich das gesagt?

Es war kühl. Im April ist es abends oft kühl, vor allem wenn man wenig zu essen hat, darum habe ich den Pullover angezogen. Es stimmt, ich habe ihn unter den Sachen eines Juden gefunden, eines Tages hatten sie ihn aus dem Keller geholt, und ich nahm mir den Pullover. Es war gute Qualität, der Kerl hatte eine Menge Geld, vor dem Krieg hatte er für den FON ein Flugzeug oder einen Panzer gestiftet, irgend so etwas.

Ich weiß, du magst solche Scherze, sicher habe ich es deshalb erwähnt.«

»O nein. Du hast es erwähnt, weil du etwas zu erkennen geben wolltest. Deine Distanz. Du kannst dir eine Distanzierung erlauben – das wolltest du zeigen. ›Bei uns galt das damals als schick‹, hast du gesagt. Bei uns, das hieß in der ŻOB.«

»Schreib noch zwei Revolver dazu. Zum schicken Aussehen gehörten Revolver – an den Riemen über Kreuz. Damals glaubten wir, wenn man zwei Revolver hat, dann hat man alles.«

»Also der 19. April. Schüsse weckten dich, du zogst dich an . . .«

»Nein, noch nicht. Schüsse weckten mich, aber es war kalt, außerdem wurde weit entfernt geschossen, und das war noch kein Grund zum Aufstehen.

Um zwölf zog ich mich an.

Bei uns war einer, der von der arischen Seite Waffen mitgebracht hatte; er wollte gleich zurück, aber es war schon zu spät. Als das Schießen anfing, sagte er, er hätte in Zamość im Kloster eine Tochter. Er würde das hier bestimmt nicht überleben, aber ich, darum solle ich mich nach dem Krieg seiner Tochter annehmen. Ich sagte ›gut, gut, red keinen Unsinn‹.«

»Und?«

»Was und?«

»Hast du seine Tochter nach dem Krieg gefunden?«

»Ja.«

»Hör zu, wir haben vereinbart, daß du reden wirst, stimmt's? Es ist immer noch der 19. April. Es wird geschossen. Du hast dich angezogen. Der von der arischen Seite redet über seine Tochter. Und weiter?«

»Wir sind losgegangen, uns in der Gegend umzusehen. Wir kamen über den Hof, da waren ein paar Deutsche. Eigentlich hätten wir sie umlegen müssen, aber wir hatten darin noch keine Übung, außerdem hatten wir auch ein bißchen Angst – und legten sie nicht um.

Nach drei Stunden verstummten die Schüsse.

Es wurde still.

Unser Gebiet war das sogenannte Bürstenfabriksghetto – zwischen den Straßen Franciszkańska, Świętojańska und Bonifraterska.

Das Fabriktor war vermint.

Als die Deutschen sich am nächsten Tag näherten, haben wir den Kontakt eingeschaltet, an die hundert von ihnen sind in die Luft geflogen, aber genau weiß ich es nicht mehr, das mußt du überprüfen. Überhaupt weiß ich immer weniger davon. Über jeden einzelnen von meinen Patienten könnte ich dir hundertmal mehr erzählen.

Nach der Explosion kamen sie in Schützenlinie auf uns zu. Das gefiel uns sehr. Wir zu vierzig, sie zu hundert, eine ganze Kolonne in voller Kriegsausrüstung, sie robben heran, man sieht, sie nehmen uns ernst.

Bevor es Abend wurde, schickten sie drei Leute mit gesenkten MP's und weißen Armbinden vor. Sie riefen, wenn wir die Waffen niederlegten, würden sie uns in ein besonderes Lager schicken. Wir haben sie beschossen – im Stroop-Bericht fand ich später diese Szene: Sie, die Parlamentarier mit der weißen Fahne, und wir Banditen eröffnen das Feuer. Übrigens haben wir sie nicht getroffen, aber das war unwichtig.«

»Was denn, unwichtig?«

»Wichtig war doch nur zu schießen. Das mußte man zeigen. Nicht den Deutschen, die konnten das besser. Der übrigen Welt, der nicht-deutschen, mußten wir das zeigen. Die Menschen haben immer gemeint, das Schießen sei das größte Heldentum. Da haben wir eben geschossen.«

»Warum habt ihr gerade diesen Tag festgelegt, den 19. April?«

»Den haben nicht wir festgelegt, sondern die Deutschen. An diesem Tag sollte die nächste Aktion beginnen, die letzte im Warschauer Ghetto. Wir bekamen Anrufe von der arischen Seite, daß sie bereitgestellt werden, daß sie die Mauern von außen umstellt haben. Am 18. abends versammelten wir uns bei Anielewicz, alle fünf, der Stab. Ich war wohl der Älteste, zweiundzwanzig Jahre, Anielewicz ein Jahr jünger, alle fünf waren wir zusammen keine hundertzehn Jahre alt.

Dort wurde nicht mehr viel geredet. ›Wie steht's?‹ – ›Anrufe aus der Stadt.‹ Anielewicz übernimmt das zentrale Ghetto, Geller und ich die Toebbens-Schuppen und die Bürstenfabrik. ›Also bis morgen.‹ Nur, daß wir uns verabschiedet haben, was wir sonst nie taten.«

»Warum war gerade Anielewicz der Kommandant?«

»Keine Ahnung. Er wollte es gern sein, da haben wir ihn gewählt. Er war ein bißchen kindisch mit seinem Ehrgeiz, aber ein begabter Kerl, belesen und voller Lebenskraft. Seine Mutter verkaufte in Solec Fische. Wenn welche übrig blieben, mußte er rote Farbe kaufen und die Kiemen anmalen, damit sie frisch aussahen. Er war immer hungrig. Als er aus dem Kohlenrevier zu uns kam und wir ihm etwas zu essen gaben, schirmte er seinen Teller mit der Hand ab, damit ihn niemand wegnahm.

Er besaß viel jugendlichen Schwung und Elan, nur

daß er nie zuvor eine Aktion gesehen hatte. Auch nicht, wie die Menschen auf dem Umschlagplatz in die Waggons verladen wurden. Und so etwas – wenn man sieht, wie vierhunderttausend ins Gas geschickt werden – das kann dich kaputt machen.

Am 19. April trafen wir uns nicht. Ich sah ihn tags darauf. Da war er schon ein anderer Mensch. Celina sagte zu mir: ›Weißt du, mit ihm ist das gestern passiert. Er hat dagesessen und immer wieder gesagt: Wir werden alle fallen . . .‹ Nur einmal noch ist Leben in ihn gekommen, als wir von der AK Nachricht erhielten, wir sollten im Nordteil des Ghettos warten. Wir wußten nicht recht, warum, außerdem ist nichts daraus geworden, den Mann, der dort hinging, haben sie auf der Miła verbrannt, wir haben gehört, wie er den ganzen Tag schrie – meinst du, das macht noch Eindruck auf irgendwen, ein verbrannter Mensch nach vierhunderttausend verbrannten?«

»Ich meine, ein Verbrannter macht einen größeren Eindruck als vierhunderttausend und vierhunderttausend einen größeren als sechs Millionen. Ihr habt also nicht genau gewußt, worum es sich handelte?«

»Er glaubte, wir bekämen Hilfe. Wir haben ihm erklärt: ›Laß das, dort ist Niemandsland, wir kommen nicht durch.‹

Weißt du was? Ich denke, im Grunde hat er an einen Sieg geglaubt.

Natürlich hat er vorher nie davon gesprochen. Im Gegenteil. ›Wir gehen in den Tod‹, hat er gesagt, ›es gibt kein Zurück, wir fallen für die Ehre, für die Geschichte.‹ Was man in diesen Fällen so sagt. Heute aber glaube ich, er hat die ganze Zeit über eine kindliche Hoffnung genährt.

Er hatte ein Mädchen. Eine hübsche, helle, warme. Mira hieß sie.

Am 7. Mai war er mit ihr bei uns in der Franciszkańska.

Am 8. Mai hat er in der Miła erst sie erschossen und dann sich. *Jurek* Wilner hat ausgerufen: ›Wir wollen zusammen sterben!‹ Lutek Rotblat erschoß seine Mutter und seine Schwester, dann haben sie alle geschossen, es gab viel Geschrei und Hysterie; als wir zu ihnen durchgebrochen waren, fanden wir nur wenige am Leben, achtzehn hatten Selbstmord begangen. ›Genau so mußte es sein‹, hat man uns später gesagt. ›Das Volk ist umgekommen, die Soldaten sind gefallen. Ein symbolischer Tod.‹ Du magst solche Symbole doch sicher auch?

Es war auch ein Mädchen bei ihnen. Sie hieß Ruth. Siebenmal hat sie vergeblich geschossen, ehe sie richtig traf. Ein hübsches, großes Mädchen mit pfirsichfarbener Haut. Aber sechs Patronen hat sie verschwendet.

Jetzt ist an der Stelle ein kleiner Platz. Gedenkhügel, Gedenkstein, Inschrift. Bei schönem Wetter kommen die Frauen mit ihren Kindern hin oder abends die Jungen und Mädchen. Dabei ist das ihr gemeinsames Grab, wir haben die Knochen nie herausgeholt.«

»Du hattest vierzig Soldaten. Seid ihr nie auf den Gedanken gekommen, es auch zu tun?«

»Nein. Man soll es nicht tun. Auch wenn es ein sehr

gutes Symbol ist. Man opfert nicht sein Leben als Symbol. Ich hatte in dieser Sache keinerlei Zweifel. Auf jeden Fall die zwanzig Tage lang. Ich war imstande, jemandem in die Schnauze zu hauen, wenn er hysterisch wurde. Überhaupt, damals konnte ich vieles. Fünf Leute im Kampf verlieren und keine Gewissensbisse spüren. Mich schlafen legen, während die Deutschen ein Loch bohrten, um uns in die Luft zu sprengen – ich wußte einfach, daß wir da nichts machen konnten. Erst als die Deutschen um zwölf zum Mittagessen gingen, haben wir schnell alle nötigen Vorbereitungen getroffen, um durchzubrechen. (Ich war nicht aufgeregt, vielleicht weil eigentlich nichts passieren konnte. Nichts Größeres als der Tod, und um den Tod ging es ja immer, nie um das Leben. Vielleicht war das gar kein Drama. Ein Drama liegt dann vor, wenn du eine Entscheidung fällen kannst, wenn etwas von dir abhängt; dort aber war alles von vornherein festgelegt. Jetzt im Krankenhaus geht es ums Leben, und ich muß jedesmal eine Entscheidung fällen. Jetzt bin ich viel aufgeregter.)

Und noch etwas konnte ich. Einem, der mich um eine Adresse auf der arischen Seite bat, sagen: ›Es ist noch nicht Zeit. Es ist noch zu früh.‹ Er hieß Stasiek. Siehst du, die Nachnamen habe ich nicht behalten. ›Marek‹, hat er gesagt, ›drüben gibt es doch einen Ort, wo ich hingehen könnte.‹ Sollte ich ihm sagen, daß es so einen Ort nicht gab? Darum habe ich gesagt: ›Es ist noch zu früh.‹«

»Konnte man über die Mauer hinweg etwas auf der arischen Seite sehen?«

»Ja. Die Mauer reichte nur bis zum ersten Stock. Schon vom zweiten aus konnte man die Straße drüben sehen. Wir sahen ein Karussell und die Leute, wir hörten die Musik und hatten schreckliche Angst, die Musik könnte uns übertönen, und die Leute würden uns, unseren Kampf, unsere Gefallenen nicht bemerken, die Mauer sei so hoch, daß nichts über uns dorthin gelangen könnte.

Aber Radio London gab bekannt, daß Sikorski den Orden Virtuti Militari posthum an Michał Klepfisz verliehen habe, den Mann, der auf unserem Dachboden mit seinem Körper eine deutsche MG-Garbe abfing, damit wir hinübergelangen konnten. Ein Ingenieur, etwas über zwanzig Jahre alt. Ein außerordentlich tüchtiger Kerl.

Durch seinen Einsatz haben wir den Angriff abgewehrt, und gleich danach kamen die drei mit den weißen Armbinden, die Parlamentäre.

Hier habe ich gestanden. Genau hier, nur war das Tor damals aus Holz. Der Betonpfosten ist noch derselbe, die Baracke auch und wahrscheinlich sogar die Pappeln.

Halt mal, warum eigentlich habe ich immer hier gestanden?

Ach so, weil von dorther die zusammengetriebene Menge kam. Vermutlich hatte ich Angst, die würden mich auch einkassieren.

Ich war damals Bote im Krankenhaus, und meine Arbeit bestand darin, am Tor auf dem Umschlagplatz zu stehen und die Kranken wegzuführen. Unsere Leute holten die heraus, die gerettet werden mußten, und ich führte sie als Kranke weg.

Ich war rücksichtslos. Eine Frau flehte mich an, ich solle ihre vierzehnjährige Tochter wegbringen, sie drückte mir irgendwelche Brillanten in die Hand, aber ich konnte nur eine einzige Person mitnehmen, ich nahm Zosia mit, unsere beste Meldegängerin. Viermal habe ich sie weggebracht, und jedesmal haben sie sie wieder geschnappt.

Einmal wurden an mir Leute vorbeigetrieben, die keine Lebensnummern hatten. Die Deutschen hatten diese Nummern ausgegeben, wer sie besaß, dem versprachen sie das Überleben. Das ganze Ghetto kannte damals nur ein Ziel, eine Nummer erbeuten. Aber später wurden auch die mit den Nummern geholt.

Dann wieder wurde bekannt gegeben, die Fabrikarbeiter hätten das Recht, am Leben zu bleiben, aber es würden dort Nähmaschinen benötigt. Die Leute glaubten darum, Nähmaschinen könnten ihnen das Leben retten, und zahlten dafür jeden Preis. Aber dann wurden auch die mit den Nähmaschinen geholt.

Schließlich wurde verkündet, es gebe Brot. ›Jeder, der sich zur Arbeit meldet, bekommt 3 kg Brot und Marmelade.‹

Hör zu, mein Kind. Weißt du, was Brot damals im Ghetto bedeutete? Denn wenn du das nicht weißt, wirst du nie begreifen, warum Tausende freiwillig kamen und wegen des Brots nach Treblinka fuhren. Bisher hat das noch keiner begriffen.

Hier, an dieser Stelle wurde das Brot ausgegeben. Längliche, braune Roggenbrote.

Und weißt du was?

Die Leute kamen geordnet, in Viererreihen, um das Brot abzuholen und dann in den Waggon zu steigen. Es gab so viele Freiwillige, daß sie Schlange stehen mußten, zwei Transporte gingen nun täglich nach Treblinka, und doch konnten sie nicht alle unterbringen, die sich meldeten.

O ja, wir wußten Bescheid.

Wir hatten im Jahr 42 einen von uns hingeschickt, Zygmunt, er sollte feststellen, was aus den Transporten würde. Er fuhr mit den Eisenbahnern vom Danziger Bahnhof. In Sokołów hörte er, daß sich die Strecke dort gabelte, ein Nebengleis ging nach Treblinka, täglich fuhr dort ein mit Menschen beladener Zug hin und kam leer zurück, Lebensmittel wurden dort nicht hingebracht.

Zygmunt kehrte zurück ins Ghetto, wir veröffentlichten alles in unserer Zeitung – und die Leute glaubten uns nicht. ›Seid ihr verrückt geworden?‹ hieß es, als wir sie zu überzeugen versuchten, daß sie nicht zur Arbeit gefahren würden. ›Die sollten uns mit Brot in den Tod schicken? Soviel Brot vergeuden?‹

Die Aktion dauerte vom 22. Juli bis zum 8. September 1942, sechs Wochen. Diese sechs Wochen stand ich am Tor. Hier, an dieser Stelle. Ich habe vierhunderttausend Menschen auf diesen Platz begleitet. Ich habe denselben Betonpfosten gesehen, den du jetzt siehst.

In der Berufsschule dort war unser Krankenhaus untergebracht. Sie haben es am 8. September liquidiert, am letzten Tag der Aktion. Oben waren mehrere Säle mit Kindern; als die Deutschen das Erdgeschoß betraten, schaffte es die Ärztin gerade noch, den Kindern Gift zu geben.

Da siehst du, daß du nichts davon verstehst. Sie hat sie doch vor der Gaskammer bewahrt, das war außergewöhnlich, die Leute hielten sie für eine Heldin.

Im Krankenhaus lagen die Kranken auf dem Fußboden und warteten auf die Verladung in die Waggons, die Schwestern aber suchten in der Menge nach ihren Vätern und Müttern und spritzten ihnen Gift. Nur für ihre nächsten Verwandten hatten sie das Gift aufgehoben, die Ärztin jedoch gab ihr eigenes Zyankali den fremden Kindern!

Ein einziger Mensch konnte laut die Wahrheit sagen, Czerniaków. Ihm hätte man geglaubt. Aber er beging Selbstmord.

Das war nicht in Ordnung, er hätte mit einem Feuerwerk sterben sollen. Ein Feuerwerk war damals sehr nötig, er hätte sterben sollen, nachdem er die Leute zum Kampf aufgefordert hatte.

Eigentlich werfen wir ihm nur das vor.«

»Wer – wir?«

»Ich und meine Freunde. Die nicht mehr am Leben sind. Daß er aus seinem Tod eine eigene, private Angelegenheit gemacht hat.

Wir wußten, daß man öffentlich sterben mußte, vor den Augen der Welt.

Wir hatten verschiedene Ideen. Dawid meinte, wir sollten uns auf die Mauer stürzen, wir alle, die noch im Ghetto waren, auf die arische Seite durchbrechen, uns in Reihen auf die Wälle der Zitadelle setzen und abwarten, bis die Gestapo uns umstellte und mit Maschinengewehren der Reihe nach niedermähte.

Estera wollte das Ghetto anzünden, damit wir alle mit dem Ghetto in Flammen aufgingen. ›Mag der Wind unsere Asche verwehen‹, sagte sie, aber damals klang das nicht pathetisch, sondern sachlich.

Die Mehrheit war für den Aufstand. Die Menschheit hatte ja die Vereinbarung getroffen, mit der Waffe in der Hand zu sterben sei schöner als ohne. Folglich ordneten wir uns dieser Vereinbarung unter. Wir waren damals zweihundertzwanzig in der ŻOB. Kann man das überhaupt einen Aufstand nennen? Es ging darum, sich nicht abschlachten zu lassen, wenn sie kamen, uns zu holen.

Es ging nur um die Art zu sterben.«

Dieses Interview, das in verschiedene Sprachen übersetzt wurde, empörte die Leute zutiefst, und ein Schriftsteller, ein Herr S. aus den Staaten, schrieb ihm, er habe ihn in Schutz nehmen müssen. Er habe drei lange Artikel geschrieben, um die Empörung zu beschwichtigen, der Titel habe ›Das Bekenntnis des letzten Anführers des Warschauer Ghettos‹ gelautet.

Die Leute schrieben in dieser Angelegenheit Leserbriefe an die Zeitungen – auf französisch, englisch, jiddisch und in anderen europäischen Sprachen –, er habe allem die Größe geraubt, aber am meisten erregte sie doch das mit den Fischen, denen Anielewicz die Kiemen rot angemalt hatte, damit seine Mutter in Solec auch die Ware vom Vortage verkaufen konnte.

Anielewicz, der Sohn einer Händlerin, der die Kiemen der Fische rot anmalt – das hatte noch gefehlt. Der Schriftsteller hatte also keine leichte Aufgabe, aber dann schrieb ein Deutscher aus Stuttgart einen freundlichen Brief.

›Sehr geehrter Herr Doktor‹, schrieb der Deutsche, und er war während des Krieges als Soldat der Wehrmacht im Ghetto gewesen, ›ich habe dort auf der Straße mit Papier zugedeckte Leichen liegen gesehen, viele Leichen, es war entsetzlich. Wir sind beide Opfer dieses schrecklichen Krieges. Könnten Sie mir ein paar Worte schreiben?‹

Natürlich hat er geantwortet, er freue sich über den Brief, er verstehe sehr gut die Gefühle eines jungen deutschen Soldaten, der zum ersten Mal mit Papier zugedeckte Leichen sieht.

Die Geschichte des Herrn S. erinnerte ihn an seine Reise in die USA im Jahre 63. Jemand brachte ihn zu einem Gespräch mit Gewerkschaftsführern. Ein Tisch, und rundherum sitzen an die zwanzig Herren. Lauter ernste, lauter ergriffene Gesichter, die Vorsitzenden der Gewerkschaften, die während des Krieges Geld gespendet hatten, um Waffen für das Ghetto zu kaufen.

Der Versammlungsleiter begrüßt ihn, die Diskussion beginnt. Über das Gedächtnis. Was das sei, das menschliche Gedächtnis, und ob man Denkmäler errichten solle oder ein Gebäude, lauter solch literarischer Krimskrams. Er gab sehr acht, um nicht daneben zu hauen, er wollte sie ja nicht kränken. Vorsicht, sagte er sich, paß auf, Marek, denn sie schlucken schon. Sie haben schon Tränen in den Augen. Sie haben Geld für Waffen gespendet und sind sogar zu Präsident Roosevelt gegangen, um zu fragen, ob wahr sei, was da über das Ghetto an Geschichten erzählt werde – du mußt also nett zu ihnen sein.

(Sicher handelte es sich um einen der ersten Berichte von *Wacław*, gleich nachdem Tosia Goliborska ihn für ihren persischen Teppich von der Gestapo losgekauft hatte, der Bericht wurde von einem Kurier als Mikrofilm in der Zahnplombe durchgeschmuggelt und gelangte über London in die USA, aber den Leuten dort fiel es schwer, an die Tausende zu glauben, die zu Seife verarbeitet worden waren, und an die Tausende, die zum Umschlagplatz getrieben wurden, deshalb gingen sie zu ihrem Präsidenten, um zu fragen, ob man solche Dinge ernst nehmen könne.)

Er war sehr nett zu ihnen, ließ sie über das Gedächtnis reden und sich nach Belieben in Rührung hineinsteigern. Jetzt aber hatte er sie alle tief getroffen – mit den Fischen und mit dem Satz, ob man das einen Aufstand nennen könne.

Um auf die Fische zurückzukommen. In der französischen Übersetzung, im Wochenblatt *L'Express* waren das nicht Fische, sondern du poisson, und Anielewiczs Mutter, die jüdische Händlerin in Solec, kaufte un petit pot de peinture rouge. Nun ja, kann man das überhaupt ernst nehmen? Ist der Anielewicz, der peinture rouge auf die Kiemen (les ouïes) malt, noch derselbe Anielewicz?

Das erinnert an den Versuch, englischen Vettern von der Großmutter zu erzählen, die im Warschauer Aufstand am Hunger starb. Kurz vor ihrem Tode bat die fromme Alte um etwas zu essen, was macht's, wenn es nicht koscher ist, sagte sie, meinetwegen kann es auch ein Schweinekotelett sein.

Doch das mußte den englischen Vettern auf englisch erzählt werden, und da bat die Großmutter nicht um ein Kotelett, sondern um ein pork-chop, und war zum Glück sofort nicht mehr jene sterbende Großmutter. Zum Gück, denn nun konnte man ohne jede Hysterie ganz ruhig von ihr erzählen, so wie man bei einem kultivierten englischen Essen allerlei interessante Geschichten erzählt.

Andere aber beharrten darauf, es sei doch der richtige Anielewicz, der mit der peinture rouge. Es muß schon was dran sein, wenn so viele Leute darauf beharren und schreiben, so etwas dürfe man über den Kommandanten nicht erzählen.

»Hör mal«, sagt er, »wir werden jetzt aufpassen müssen. Wir werden die Worte sehr sorgfältig wählen.«

»Aber ja doch.«

»Wir werden die Worte sehr sorgfältig wählen und uns bemühen, diese Leute nicht zu verletzen.«

Eines Tages rief der amerikanische Schriftsteller, Herr S., an. Er sei in Warschau. Er habe mit Antek und Celina gesprochen, aber das wolle er persönlich erzählen.

Na ja, das ist eine ernste Angelegenheit. Zwar braucht man sich nichts daraus zu machen, was alle möglichen Leute reden, doch die Meinung von zwei Leuten darf man nicht geringschätzen, und diese beiden sind Antek und Celina. Anielewiczs Stellvertreter und Repräsentant auf der arischen Seite, der das Ghetto unmittelbar nach dem Ausbruch des Aufstands verlassen hatte, und Celina, die während der ganzen Zeit mit ihnen im Ghetto gewesen war, vom ersten Tag an bis zum Ausbruch durch das Kanalsystem.

Antek hatte bislang geschwiegen. Und nun kommt Herr S. und sagt, er habe ihn vor einer Woche gesprochen.

Ich habe den Eindruck, Edelman ist wegen dieser Begegnung ein bißchen erregt. Wie sich herausstellt, unnötigerweise. Herr S. sagt, Antek versichere ihn seiner Freundschaft und Hochachtung und billige, von ein paar Einzelheiten abgesehen, das ganze Interview.

»Von welchen Einzelheiten abgesehen?« frage ich.

Antek sagt zum Beispiel, sie wären nicht zweihundert gewesen beim Aufstand, sondern mehr, fünfhundert, sechshundert sogar.

»Antek behauptet, ihr wäret sechshundert gewesen. Vielleicht korrigieren wir die Zahl?«

»Nein«, sagt er. »Wir waren zweihundertzwanzig.«

»Aber Antek will, Herr S. will, alle wollen, daß ihr etwas mehr gewesen seid. Korrigieren wir?«

»Das ist doch ohne Bedeutung«, sagt er wütend. »Könnt ihr denn alle nicht verstehen, daß das wirklich ohne Bedeutung ist?«

Ach ja, noch eins. Natürlich die Sache mit den Fischen.

Nicht Anielewicz hat sie angemalt, sondern seine Mutter.

»Notieren Sie«, sagt Herr S., der Schriftsteller, zu mir, »das ist sehr wichtig.«

Zurück zu der Sache mit der sorgfältigen Wortwahl.

Drei Tage nach dem Verlassen des Ghettos kam Celemeński zu ihm und brachte ihn zu den Repräsentanten der politischen Parteien, die seinen Bericht über den Aufstand hören wollten. Er war das einzige überlebende Mitglied des Stabes der Aufständischen und zugleich Stellvertreter des Kommandanten, darum erstattete er Bericht: ›In diesen zwanzig Tagen‹, sagte er, ›hätte man mehr Deutsche umbringen und mehr eigene Leute retten können. Aber‹, sagte er, ›sie waren nicht richtig ausgebildet und verstanden nicht zu kämpfen. Außerdem‹, sagte er, ›schlugen sich auch die Deutschen gut.‹

In tiefem Schweigen blickten sich die anderen an, schließlich sagte einer: ›Man muß das verstehen, das ist kein normaler Mensch. Das ist ein Fetzen von Mensch.‹

Denn er hatte nicht gesprochen, wie man zu sprechen hatte.

›Und wie hat man zu sprechen?‹ fragte er.

Man hat voller Haß, mit Pathos, schreiend zu sprechen, es gibt keine andere Möglichkeit, das auszudrücken, als schreiend.

Er eignete sich also von vornherein nicht zum Reden, weil er nicht schreien konnte. Er eignete sich auch nicht zum Helden, weil kein Pathos in ihm war.

Ehrlich, was für ein Pech!

Der Einzige, der überlebt hat, eignete sich nicht zum Helden. Als er das verstanden hatte, schwieg er taktvoll. Er schwieg ziemlich lange, dreißig Jahre lang, und als er schließlich redete, wurde sogleich klar, daß es für alle besser gewesen wäre, wenn er sein Schweigen nicht gebrochen hätte.

Zu der Begegnung mit den Parteivertretern fuhr er mit der Straßenbahn, zum ersten Mal nach dem Verlassen des Ghettos fuhr er mit der Straßenbahn, und etwas Schreckliches ging in ihm vor. Er wünschte, ohne Gesicht zu sein. Aber nicht etwa, weil jemand auf ihn aufmerksam werden und ihn verraten könnte, sondern weil er spürte, daß er ein abschreckendes, ein schwarzes Gesicht hatte. Ein Gesicht von dem Plakat JUDEN – LÄUSE – FLECKTYPHUS. Alle stehen um ihn herum und haben helle Gesichter. Sie sind schön und ruhig, sie können ruhig sein, weil sie um ihr Hellsein und ihre Schönheit wissen.

Er stieg in Żoliborz aus bei den Einfamilienhäusern, die Straße war leer, nur eine ältere Frau goß in ihrem Garten die Blumen. Sie sah ihn durch den Maschendrahtzaun an, und er versuchte so zu gehen, als gäbe es ihn kaum, als nähme er kaum Platz ein in diesem besonnten Raum.

Heute wurde im Fernsehen Krystyna Krahelska gezeigt. Auch ihr Haar war blond gewesen. Sie hatte für das Sirenendenkmal Modell gestanden, Gedichte geschrieben, ukrainische Lieder gesungen und war unter Sonnenblumen gestorben.

Eine Dame erzählte von ihr, sie sei durch die Gärten gelaufen und so groß gewesen, daß sie sich auch gebückt zwischen den Sonnenblumen nicht hätte verstecken können.

Es ist also ein warmer Augusttag. Sie hat sich das helle Haar hinten aufgesteckt. Sie dichtete ›Los, Soldaten, Bajonett aufgepflanzt‹, verband einen Verwundeten und läuft jetzt in der Sonne.

Was für ein schönes Leben und was für ein schöner Tod. Ein wirklich ästhetischer Tod. Nur so sollte man sterben. Doch so leben und sterben die schönen und hellen Menschen. Die schwarzen und häßlichen leben und sterben nicht so eindrucksvoll, sondern in Furcht und Dunkelheit.

(Bei der, die von der Krahelska erzählte, hätte man sich eventuell verstecken können. Sie ist nicht geschminkt und war nicht beim Friseur, bestimmt ist sie – das konnte man im Fernsehen nicht erkennen – zu breit in den Hüften und geht im Gebirge mit einem um die Taille gebundenen Pullover. Nicht einmal ihr Mann hätte wissen dürfen, daß sie jemanden versteckt hält, man muß nur achtgeben und nachmittags zwischen 15.30 und 16.00 Uhr nicht auf die Toilette gehen. Denn der Mann hat eine sehr pünktliche Verdauung und benutzt die Toilette, sobald er nach Hause kommt, noch vor dem Essen.)

Die Schwarzen und Häßlichen liegen vom Hunger geschwächt in feuchtem Bettzeug und warten, bis jemand ihnen eingeweichten Hafer oder etwas aus dem Müll bringt. Alles dort ist grau – die Gesichter, die Haare, das Bettzeug. Die Karbidlampe brennt sparsam. Ihre Kinder reißen auf der Straße den Passanten die Päckchen aus der Hand, weil sie hoffen, darin Brot zu finden, und schlingen sofort alles runter. Im Krankenhaus bekommen die Kinder mit den Hungerödemen ein halbes Ei in pulverisierter Form und eine Cebiontablette täglich. Das verteilen die Ärzte, denn man darf der Hilfsschwester, die auch schon Ödeme hat, nicht die Qual des Teilens zumuten. (Nur das weißgekleidete Krankenhauspersonal hat eine Lebensmittelzuteilung: ½ l Suppe und 60 g Brot pro Person. Bei einer Versammlung wurde auf 200 g Suppe und 20 g Brot verzichtet zugunsten der Heizer und der Hilfsschwestern. So waren sie alle gleich: 300 g Suppe und 40 g Brot pro Person.) In der Krochmalna 18 hat eine Frau namens Rywka Urman ein Stück Fleisch von ihrem am Tage zuvor an Hunger gestorbenen Sohn Berek Urman abgebissen. Die Leute umringten sie auf dem Hof still und völlig schweigsam. Sie hatte graue, wirre Haare, ein graues Gesicht und irre Augen. Dann kam die Polizei und setzte ein Protokoll auf. Vor dem Haus Krochmalna 14 fand man auf der Straße eine Kinderleiche in halbverwestem Zustand, die Mutter Chudesa Borensztajn, Wohnungsnummer 67, hatte sie dort hingelegt, das Kind hieß Moszek. (Der Leichenwagen der Genossenschaft ›Wieczność‹ holte die Leiche ab, und Chudesa Borensztajn sagte aus, sie habe sie auf die Straße gelegt, weil die Gemeinde sie nicht habe kostenlos begraben wollen, außerdem werde sie, die Mutter, auch in Kürze sterben.) Man brachte die Menschen zur Entlausung in das Stadtbad. Vor dem

Bad in der Spokojna warteten die Leute auf der Straße Tag und Nacht, und wenn morgens die Suppe für die Kinder kam, mußte man die Polizei holen, damit sie die Menge vertrieb, die den Kindern das Essen wegriß.

Der Hungertod war ebenso unästhetisch wie das Leben. ›Manche schlafen auf der Straße mit einem Bissen Brot im Mund ein oder mitten in einer physischen Anstrengung, zum Beispiel wenn sie laufen, um ein Stück Brot zu ergattern.‹

Das ist ein Fragment aus einer wissenschaftlichen Arbeit.

Die Ärzte im Ghetto betrieben Forschungen über den Hunger, denn der Mechanismus des Hungertodes war damals für die Medizin unklar, man mußte die sich bietende Chance nutzen. Die Chance war ungewöhnlich. ›Noch nie‹, schrieben sie, ›verfügte die Medizin über ein so umfangreiches Forschungsmaterial.‹

Das Problem ist für den Arzt auch heute noch interessant. »Zum Beispiel«, meint Dr. Edelman, »das Problem des gestörten Gleichgewichts zwischen Wasser und Eiweiß im Organismus. Steht dort etwas über Elektrolyte?« fragt er. »Mit dem Wasser entweichen Kalium und Salz in das Bindegewebe. Stell fest, ob sie der Rolle des Eiweiß auf die Spur gekommen sind.«

Nein, über Elektrolyte steht da nichts. Sie behaupten nur enttäuscht, es sei ihnen nicht gelungen, den für den Arzt so interessanten Mechanismus der Entstehung von Ödemen bei der Hungerkrankheit zu klären.

Vielleicht wären sie auf die Rolle des Eiweiß gestoßen, wenn sie ihre Arbeit nicht plötzlich hätten unterbrechen müssen, aber sie mußten das bedauerlicherweise tun, wofür sie sich in der Einleitung entschuldigen. Sie konnten die Forschungen nicht fortsetzen, ›da der wissenschaftliche Rohstoff, das Menschenmaterial, der Vernichtung unterlag‹. Die Liquidierung des Ghettos hatte begonnen.

Gleich nach der Vernichtung des Rohstoffes wurden übrigens auch die Forscher vernichtet.

Nur einer von ihnen lebt, Frau Dr. Teodozja Goliborska. Sie hatte den Stoffwechsel bei hungernden Menschen im Ruhezustand untersucht.

Aus Australien schreibt sie mir, sie habe zwar aus der Literatur gewußt, daß der Stoffwechsel bei Hungernden im Ruhezustand reduziert ist, doch habe sie nicht geahnt, wie stark das erfolge und daß es mit einer Verminderung der Anzahl und der Tiefe der Atemzüge einhergehe, der Organismus verbrauche also im Hungerzustand weniger Sauerstoff.

(Ich frage Frau Dr. Goliborska, ob ihr diese Forschungen bei ihrer späteren ärztlichen Tätigkeit zustatten gekommen seien. Sie antwortet, nein, denn alle Menschen, die sie in Australien verarztet habe, seien satt gewesen, ja sogar überernährt.)

Und nun ein paar Resultate der Forschungen, die in der Arbeit *Die Hungerkrankheit. Klinische Forschungen über den Hunger, vorgenommen im Warschauer Ghetto 1942* dargestellt werden.

Wir unterscheiden drei Abmagerungsstufen:

In Stufe I wird das überzählige Fett abgebaut. Man

sieht dann jünger aus als gewöhnlich. ›Diesem Phänomen sind wir in der Vorkriegszeit häufig bei Patienten begegnet, die aus Karlsbad, Vichy usw. heimkehrten.‹ Zur Abmagerungsstufe II gehören fast alle von uns beobachteten Fälle. Eine Ausnahme bilden die Fälle der Stufe III in Form von Hungerkachexie, meistens ein prämortaler Zustand.

Doch nun zur Beschreibung der Veränderungen in den einzelnen Systemen und Organen.

Das Gewicht betrug im Schnitt 30-40 kg und lag um 20-25 % niedriger als das Vorkriegsgewicht. Das geringste Gewicht betrug 24 kg bei einer dreißigjährigen Frau.

Die Haut ist blaß, manchmal blaßbläulich.

Die Nägel, besonders an den Händen, sind krallenartig.

(Vielleicht reden wir zu detailliert oder zu lange darüber, aber das geschieht, weil man unbedingt verstehen muß, wie groß der Unterschied ist zwischen einem schönen Leben und einem unästhetischen, zwischen einem schönen Tod und einem unästhetischen, das ist wichtig. Alles, was später geschah, was am 19. April geschah, war ja die Sehnsucht nach einem schönen Sterben.)

Ödeme treten zuerst im Gesicht auf, in der Gegend der Augenlider, dann an den Füßen, schließlich bei manchen Patienten gleichmäßig am ganzen Körper. Sticht man die Ödeme an, läuft Flüssigkeit aus dem Gewebe unter der Haut. Bei Winterbeginn tritt eine Disposition zum Abfrieren der Finger und Zehen auf.

Das Gesicht ist ausdruckslos und maskenhaft.

Festgestellt wurde sehr dichtes Flaumhaar am ganzen Körper, besonders bei Frauen, im Gesicht als Schnurrbart oder Backenbart, manchmal als Lidbehaarung. Außerdem wurden lange Wimpern festgestellt.

Der psychische Zustand ist durch Gedankenarmut gekennzeichnet. Aktive, energische Menschen werden apathisch und träge. Sie sind fast immer schläfrig. Vom Hunger spüren sie nichts, sie sind sich über sein Vorhandensein nicht im klaren, doch werden sie beim Anblick von Brot, Süßigkeiten oder Fleisch plötzlich aggressiv, schlingen alles gierig hinunter, auch wenn sie Schläge riskieren, vor denen sie sich nicht durch Flucht retten können.

Der Übergang vom Leben zum Tod geschieht langsam, fast unmerklich. Der Tod ist dem physiologischen Tod aus Altersschwäche ähnlich.

Sektionsmaterial (berücksichtigt wurden 3282 Vollsektionen).

Hautfarbe bei den am Hunger Gestorbenen: blaß oder leichenblaß in 82,5 %, dunkel oder braun in 17 % der Fälle.

Ödeme traten bei einem Drittel aller Obduzierten auf, am häufigsten an den unteren Extremitäten. Körper und obere Extremitäten zeigten seltener Ödeme. Die Ödeme traten meist bei den Personen mit blasser Hautfarbe auf. Man kann zu dem Schluß gelangen, die blasse Hautfarbe sei eine Begleiterscheinung der Ödeme, die braune gehöre zur trockenen Auszehrung.

Auszüge aus dem Sektionsprotokoll (Gesamtzahl der Sektionsprotokolle 8 613).

›Weiblich, 16 Jahre. Klinische Diagnose: Inanitio permagna. Äußerst kümmerliche Ernährung. Gehirn 1 300 g. Sehr weich, geschwollen. In der Bauchhöhle ca. 2 l durchsichtige gelbe Flüssigkeit. Herz: kleiner als die Faust der Toten.‹

Häufig Schrumpfung der einzelnen Organe.

In der Regel schrumpfen Herz, Leber, Nieren und Milz.

Eine Schrumpfung des Herzens wurde in 83 ‰ der Fälle festgestellt, eine der Leber in 87 ‰, der Milz und der Nieren in 82 ‰.

Am meisten schrumpft die Leber, von etwa 2 kg bei einem gesunden Menschen bis zu 54 g.

Das geringste Herzgewicht betrug 130 g.

Das Gehirn schrumpft fast gar nicht und wiegt weiter etwa 1 300 g.

Zur gleichen Zeit war der Professor Chirurg in Radom, im St.-Kazimierz-Krankenhaus. (Der Professor ist ein großer, graumelierter, distinguierter Herr. Er hat schöne Hände. Er liebt die Musik und hat selbst Geige gespielt. Er kennt viele Fremdsprachen. Sein Urgroßvater war napoleonischer Offizier, und sein Großvater hat im Aufstand mitgekämpft.)

In dieses Krankenhaus wurde täglich ein verwundeter Partisan gebracht.

Die Partisanen hatten meistens Bauchschüsse. Die mit Kopfschüssen konnte man kaum noch bis in das Krankenhaus bringen. Er operierte Mägen, Milzen, Blasen und Dickdärme, er konnte dreißig, vierzig Bäuche an einem einzigen Tag operieren.

Im Sommer 44 kamen die ersten Brustkörbe, weil sich der Brückenkopf von Warka gebildet hatte. Man brachte viele Brustkörbe, die durch ein Schrapnell oder einen Granatsplitter aufgerissen waren oder durch ein von dem Geschoß in die Brust getriebenes Stück Fensterrahmen. Lunge und Herz drangen aus dem Brustkorb, sie mußten irgendwie geflickt und an die richtige Stelle geschoben werden.

Als dann die Januaroffensive nach Westen vorstieß, kamen noch Köpfe hinzu; das Militär hatte den Transport übernommen, es brachte die Verwundeten rechtzeitig.

»Der Chirurg muß ständig seine Finger üben«, sagte der Professor. »Wie ein Pianist. Ich hatte früh und reichlich Praxis.«

Der Krieg ist für den jungen Chirurgen eine vorzügliche Schule. So bekam der Professor (dank der Partisanen) sehr viel Übung in Bauchoperationen und (dank der Front) in Kopfoperationen; als das Wichtigste aber erwies sich Warka.

Während des Brückenkopfes von Warka sah der Professor zum ersten Mal ein offenes, schlagendes Herz.

Vor dem Krieg hatte niemand gesehen, wie ein Herz schlägt, nicht einmal bei Tieren, denn wer quält schon ein Tier, wenn das für die Medizin keinen Nutzen bringt. Im Jahre 47 wurde zum ersten Mal in Polen ein Brustkorb chirurgisch geöffnet, das tat Prof. Crafoord, der extra aus Stockholm gekommen war, aber auch er öffnete noch nicht den Herzbeutel. Alle blickten damals gebannt auf den Herzbeutel, der sich rhythmisch bewegte, als bewegte sich darin ein kleines, lebendiges Tier, und nur er, nicht der Prof. Crafoord, nur er wußte genau, wie das aussah, was sich da in dem Beutel so unruhig bewegte. Denn nur er und nicht der weltberühmte schwedische Gast hatte aus Bauernherzen Fetzen von Lumpen, Kugeln und Fensterrahmen gezogen; infolgedessen konnte er schon fünf Jahre später, am 20. Juni 1952, das Herz einer gewissen Genowefa Kwapisz öffnen und ihre Mitralstenose operieren.

Es besteht ein enger und logischer Zusammenhang zwischen den Herzen von Warka und allen anderen, die er später operiert hat, einschließlich natürlich des Herzens von Herrn Rudny, Meister im Bereich der Posamenten-Maschinen, des Herzens von Frau Bubner (deren Ehegatte seligen Angedenkens sich öffentlich in der mosaischen Glaubensgemeinde betätigt hatte, weshalb sie vor der Operation ganz ruhig war und sogar die Ärzte beruhigte. »Bitte regen Sie sich nicht auf«, sagte sie, »mein Mann hat sehr gute Beziehungen zum lieben Gott, er hat bestimmt alles geregelt, wie es richtig ist.«), des Herzens von Herrn Rzewuski, Vorsitzender des Automobilklubs, und vieler, vieler anderer Herzen.

Herrn Rudny wurde eine Vene vom Bein ins Herz verpflanzt, um dem Blut einen breiteren Weg zu bahnen – im Augenblick, als der Infarkt begann. Herrn Rzewuski wurde eine Vene verpflanzt, als der Infarkt bereits im Gang war. Frau Bubner wurde die Strömungsrichtung des Blutes im Herzen umgekehrt.

Hat der Professor vor einer solchen Operation Angst?

O ja. Sehr. Hier spürt er die Angst, hier drinnen.

Und jedes Mal hofft er auf ein Hindernis im letzten Augenblick: daß die Internisten es verbieten, daß der Patient es sich anders überlegt oder daß er selbst vielleicht die Flucht ergreift.

Wovor hat der Professor Angst? Vor dem lieben Gott?

O ja, vor dem lieben Gott fürchtet er sich sehr, aber nicht am meisten.

Davor, daß der Patient stirbt?

Das auch, aber er weiß ja – alle wissen es –, daß er ohne die Operation sowieso stirbt, das ist sicher.

Wovor also hat er Angst?

Davor, daß die Kollegen sagen werden: ER EXPERIMENTIERT AM MENSCHEN. Das aber ist die schlimmste aller Anklagen, die erhoben werden können.

Die Ärzte haben ihre berufliche Kontrollkammer, und der Professor erzählt: Ein Chirurg fuhr ein Kind an, nahm es in seinem Auto mit, legte es auf seine Abteilung und heilte es. Das Kind ist gesund, die Mutter stellt keine Ansprüche, nur die Berufskontrolle erkannte, die Heilung des Kindes auf der eigenen Abteilung stimme nicht mit der Ethik überein, und erteilte dem Arzt eine Rüge. Er durfte den Beruf nicht mehr ausüben und starb bald darauf an einem Herzleiden.

Der Professor erzählt das nur nebenbei. Eigentlich ohne Zusammenhang. Weil ich gefragt habe, wovor der Arzt Angst hat.

Mit dieser Ethik ist das sehr viel komplizierter, als ich es mir vorgestellt habe.

Zum Beispiel, wenn er Herrn Rzewuski nicht operiert hätte, wäre Rzewuski gestorben. Es wäre nichts Besonderes gewesen, am Infarkt sterben ja viele. Jeder hätte das ohne alle Erläuterungen verstanden.

Wäre Rzewuski jedoch nach der Operation gestorben, dann wäre das schon etwas anderes. Jemand könnte dann anmerken: Wer auf der Welt macht schon solche Eingriffe? Ein anderer könnte fragen: Ist der Professor nicht manchmal ein bißchen leichtsinnig? Und das könnte wie eine Verallgemeinerung klingen.

Es wird uns jetzt also viel leichter fallen zu verstehen, was der Professor denkt, wenn er vor dem Eingriff in seinem Arbeitszimmer sitzt und im Operationssaal der Anästhesist sich um Herrn Rzewuski zu kümmern beginnt.

Denn der Professor sitzt schon seit einiger Zeit in seinem Arbeitszimmer, obwohl, ehrlich gesagt, gar nicht so sicher ist, daß es wirklich um Herr Rzewuski geht. Im Operationssaal könnten sie sich jetzt auch um Herrn Rudny kümmern oder um Frau Bubner, doch war der Professor – zugegeben – vor Herrn Rzewuski am meisten nervös.

Denn der Professor operiert sehr ungern das Herz von Intellektuellen. Ein Intellektueller denkt vorher zuviel, hat zuviel Phantasie, stellt sich und anderen ständig irgendwelche Fragen; das wirkt sich dann ungünstig auf den Puls und den Blutdruck aus und überhaupt auf den Operationsverlauf. Ein Mensch wie Rudny dagegen gibt sich vertrauensvoller in die Hände der Chirurgen und stellt keine unnötigen Fragen. Er läßt sich darum wesentlich leichter operieren.

Also, wenn's denn sein muß, auch Rzewuski. Der Professor sitzt in seinem Arbeitszimmer vor einer Operation, die er am Herzen des Intellektuellen im Zustand des akuten Infarkts vornehmen soll. Man hat den Mann vor ein paar Stunden im Notarztwagen aus einer Warschauer Klinik hergebracht.

Der Professor ist völlig allein.

Gleich nebenan, hinter der Tür, sitzt Dr. Edelman auf einem Stuhl und raucht Zigaretten.

Worum geht es?

Es geht darum, daß Edelman gesagt hat, man könne Rzewuski trotz des Infarkts operieren, und ohne diese Worte gäbe es den Fall nicht.

Es gäbe übrigens auch Rudny nicht, den der Professor operierte, als der Infarkt jeden Augenblick beginnen konnte, und alle Lehrbücher der Herzchirurgie behaupten, gerade in diesem Zustand dürfe man nicht operieren.

Es gäbe nicht den Einfall mit der Umkehr der Strömungsrichtung des Blutes bei Frau Bubner (vielleicht gäbe es auch Frau Bubner selbst nicht mehr, doch dieser Gedanke gehört jetzt nicht zum Thema).

Weil letzten Endes die Szene im Arbeitszimmer des Professors für uns nur ein schlichter Vorwand ist, können wir ihn für eine Weile an seinem Schreibtisch allein lassen und erklären, was eigentlich mit jenem Blutkreislauf geschehen ist.

Während irgendeiner Operation kamen einem der Assistenten Zweifel, ob der Professor nun eine Arterie oder eine Vene zugedrückt hatte. Es kommt manchmal vor, daß sich die Gefäße sehr ähnlich sehen. Alle sagen, in Ordnung, eine Arterie, nur dieser Assistent beharrt darauf: »Es ist eine Vene, bestimmt.« Zu Hause fängt Edelman an zu überlegen, was denn geschähe, wenn das wirklich eine Vene gewesen wäre. Und er skizziert sich das auf einem Blatt Papier. Man könnte das sauerstoffreiche Blut, das in den Arterien heranfließt, wie jeder von der Schule weiß, von der Aorta aus gleich in die Venen leiten, die durchlässig sind, weil sie nicht an Sklerose leiden, die also keinen Infarkt verursachen. Abfließen aber würde das Blut . . .

Edelman ist noch nicht ganz sicher, wie dieses Blut abfließen würde, aber er zeigt am nächsten Tag seine Zeichnung dem Professor. Der wirft einen Blick darauf. »Man könnte, Herr Professor, da, hier, und der Muskel wäre durchblutet . . .«, sagt er, und der Professor nickt höflich. »Ja«, sagt er, »sehr interessant«, denn was außer Höflichkeit kann er einem Menschen gegenüber an den Tag legen, der ihm sagt, das Blut könne statt durch die Arterien durch die Venen zum Herzen fließen.

Edelman kehrt in sein Krankenhaus zurück, der Professor aber geht abends nach Hause und legt sich die Zeichnung auf den Nachttisch. Er schläft immer bei Licht, damit er schnell zu sich kommt, wenn er nachts aufwacht, so schaltet er auch diesmal die Lampe nicht aus, und wenn er nach vier Stunden Schlaf erwacht, kann er das Blatt mit Edelmans Zeichnung sofort zur Hand nehmen.

Schwer zu sagen, wann der Professor aufhört, die Zeichnung zu betrachten, und anfängt, selbst auf dem Papier zu skizzieren (er skizziert nämlich eine Brücke, die die Hauptarterie mit den Venen verbindet); Tatsache ist, daß er eines Tages fragt: »Na ja, und was wird mit dem verbrauchten Blut, wenn die Vene die Funktion der Arterie übernimmt?«

Da antworten ihm Edelman und Elżbieta Chętkowska, eine gewisse Frau namens Ratajczak-Pakalska schreibe gerade ihre Doktorarbeit über die Anatomie der Herzvenen und aus ihren Untersuchungen gehe hervor, daß das Blut durch andere venöse Verbindungen abfließen könne, etwa durch die Thebesischen Gefäße.

Edelman und Elżbieta machen einen Versuch an Leichenherzen, sie spritzen Methylenblau in die Venen, um zu sehen, ob es abfließt. Es floß ab.

Aber der Professor sagt: »Na und? In der Vene herrschte doch kein Druck.«

Darum spritzen sie das Methylenblau unter Druck ein, und wieder findet die Flüssigkeit einen Abfluß.

Aber der Professor sagt: »Na und? Das ist doch nur ein Modell. Wie aber verhält sich ein lebendiges Herz?«

Darauf kann ihm niemand mehr antworten, denn am lebendigen Herzen hat noch niemand einen solchen Versuch gemacht. Um zu wissen, wie sich ein lebendiges Herz verhält, muß man ganz einfach ein lebendiges Herz operieren.

An wessen lebendigem Herzen soll der Professor nun die Operation vornehmen?

Augenblick, wir haben Aga vergessen. Aga ist gerade in die Bibliothek gegangen.

Aga Żuchowska geht in die Bibliothek, sobald ein neuer Gedanke aufkommt. Doch ehe sie geht, sagt sie: »Ach was.« Edelman sagt zum Beispiel: »Wer weiß, ob man Bypass-Operationen nicht auch im Zustand des akuten Infarkts machen kann.« Aga antwortet: »Ach was«, geht, liest, bringt das *American Heart Journal* und triumphiert: »Hier steht, das ist Unsinn.« Worauf eine Bypass-Operation im Zustand des akuten Infarkts gemacht wird und alles vortrefflich ausgeht.

Aga sagt, wenn man ein paarmal »Ach was« sage und dann sehe, daß der andere allen Autoritäten zum Trotz recht hat, dann höre man schließlich auf, mit den Achseln zu zucken. Ja, man bemühe sich sogar, zu vergessen, was die Autoritäten schreiben, und versuche, sobald man den nächsten Einfall vernommen hat, sich auf das neue Denken umzustellen.

Damals aber pflegte Frau Dr. Żuchowska noch »Ach was« zu sagen, ging in die Bibliothek und brachte eine Information aus der *Encyclopedia of Thoracic Surgery* mit: Vor mehr als dreißig Jahren hat der Amerikaner Claud Beck etwas Ähnliches gemacht, hatte aber eine so hohe Mortalität, daß er die Eingriffe einstellte.

Also, an wessen lebendigem Herzen?

Hier ist eine Bemerkung über den Vorderwandinfarkt mit Rechtsschenkelblock erforderlich.

Das ist sehr wichtig, denn jemanden mit einem solchen Infarkt zu retten ist ihnen noch nicht gelungen.

Die Menschen sterben dann auf besondere Weise.

Sie liegen ruhig und still, immer stiller und immer ruhiger, und alles in ihnen stirbt stufenweise und langsam ab. Die Beine, die Leber, die Nieren, das Gehirn. Bis eines Tages das Herz stehen bleibt und der Mensch endgültig stirbt, das aber geschieht so leise und unmerklich, daß es auch im Nebenbett niemand wahrnimmt.

Wenn ein Mensch mit einem Vorderwandinfarkt mit Rechtsschenkelblock in die Abteilung gebracht wird, weiß man, daß dieser Mensch sterben muß.

Eines Tages wird eine Frau mit einem solchen Infarkt eingeliefert. Edelman ruft den Professor in seiner Klinik an. »Diese Frau wird in wenigen Tagen sterben. Nur eine Umkehr der Strömungsrichtung des Blutes kann sie retten.« Aber diese Frau sieht überhaupt nicht aus, als müßte sie sterben.

Nach wenigen Tagen stirbt die Frau.

Einige Zeit später wird ein Mann mit demselben Infarkt eingeliefert. Sie rufen den Professor an: »Wenn Sie diesen Menschen nicht operieren . . .«

Nach wenigen Tagen stirbt der Mann.

Danach ist es wieder ein Mann. Dann ein Junge. Dann zwei Frauen.

Jedesmal kommt der Professor. Er sagt nicht mehr, diese Leute könnten vielleicht ohne Operation überleben, sondern betrachtet sie schweigend oder sagt zu Edelman: »Was wollen Sie eigentlich von mir? Wollen Sie, daß ich eine Operation vornehme, die noch niemandem gelungen ist?« Worauf Edelman antwortet: »Ich sage nur, Herr Professor, daß wir nicht imstande sind, diesen Menschen zu heilen, und daß niemand außer Ihnen diese Operation vornehmen kann.«

So vergeht ein Jahr.

Nach dem vierzehnten Mal sagt der Professor: »Gut. Wir wollen es versuchen.«

Kehren wir zurück in das Arbeitszimmer.

Er sitzt dort, wie wir uns erinnern, allein, vor ihm auf dem Schreibtisch liegen Rzewuskis Koronarographien, Rzewuski aber liegt im Operationssaal.

Jenseits der Tür sitzt Dr. Edelman auf seinem Stuhl und raucht Zigaretten.

Das Schlimmste in diesem Augenblick ist gerade, daß Dr. Edelman auf jenem Stuhl sitzt und ganz bestimmt nicht fortgehen wird.

Warum das so wichtig ist?

Aus einem ganz einfachen Grund.

Das Arbeitszimmer hat nur einen Ausgang, den Edelmans Anwesenheit blockiert.

Könnte der Professor nicht sagen: ›Entschuldigen Sie einen Augenblick‹, schnell an Edelman vorbeigehen und sich entfernen?

Sicher könnte er das. Er hat es sogar schon einmal getan. Als es um Rudny ging. Und? Er ist von selbst zurückgekommen, noch vor dem Abend. Rudny wartete immer noch im Operationssaal auf ihn, und Edelman, Frau Chętkowska und Frau Żuchowska saßen immer noch auf den Stühlen seines Wartezimmers.

Wohin sollte er auch gehen?

Nach Hause? Dort fänden sie ihn gleich.

Zu einem seiner Kinder? Dort fänden sie ihn spätestens morgen.

Die Stadt verlassen? Vielleicht. Aber am Ende müßte er doch zurückkehren, und dann würde er alle hier vorfinden, Rzewuski und Edelman und Frau Żuchowska. Allerdings, Rzewuski würde er vielleicht nicht mehr lebendig vorfinden.

Rudny, zu dem er damals noch vor dem Abend zurückkehrte, lebt.

Und Frau Bubner, die mit der Umkehr der Strömungsrichtung des Blutes, lebt auch.

Stimmt, wir haben über die Umkehr der Strömungsrichtung des Blutes gesprochen.

»Gut. Wir wollen es versuchen.« Damit haben wir geschlossen, und der Professor schreitet zur Operation. Zu der an Frau Bubners Herzen – wir wollen die beiden Fälle nicht durcheinander bringen. Es ist sogar logisch, daß der Professor sich gerade jetzt an diese Operation erinnert; er versucht, sich Mut zu machen.

(Damals hatten auch alle zu ihm gesagt: »Das ist doch Unsinn, das Herz wird ja an Blutfülle ersticken.«)

Im OP herrscht Stille.

Der Professor unterbindet die Hauptvene, um den Blutabfluß zu unterbrechen und zu sehen, was nun geschieht.

(Claud Beck hatte den Abfluß nicht unterbrochen, das verursachte dann das Rechtsherzversagen und den Tod. Der Professor verbessert also die Methode, oder nein, er ist mit dem Wort ›verbessern‹ nicht einverstanden, er ÄNDERT nur Claud Becks Methode.)

Er wartet . . .

Das Herz arbeitet normal. Jetzt verbindet er durch eine besondere Brücke die Aorta mit den Venen, und das arterielle Blut fließt in die Venen.

Wiederum wartet er.

Das Herz zuckt. Ein zweiter Krampf. Dann noch ein paar schnelle Krämpfe, und das Herz beginnt langsam und gleichmäßig zu schlagen. Die blauen Venen werden rot vom arteriellen Blut und beginnen zu pulsieren, das Blut fließt ab – niemand weiß genau, auf welchem Wege, doch es findet einen Ausgang durch kleinere Abflüsse.

Noch eine Viertelstunde Stille. Das Herz arbeitet ohne Störungen weiter.

In Gedanken beendet der Professor jene Operation und erinnert sich noch einmal an die Freude darüber, daß Frau Bubner lebt.

Die gelungene Operation an Herrn Rudny fand Widerhall in der gesamten Presse. Von der Umkehr der Strömungsrichtung des Blutes erzählte er auf dem Kardiologenkongreß in Bad Nauheim, und alle erhoben sich von ihren Plätzen und klatschten Beifall. Die Professoren Borst und Hoffmeister aus der Bundesrepublik Deutschland äußerten sogar die Meinung, diese Methode löse das Problem der Koronarsklerose, und die Chirurgen von Pittsburg führten als erste in den USA Operationen in Anlehnung an seine Methode durch. Wenn jedoch die Operation bei Rzewuski nicht gelingt, wird dann jemand sagen: Aber Herr Rudny und Frau Bubner leben doch?

Nein, das wird niemand sagen.

Vielmehr werden alle sagen: Er hat ihn im akuten Infarktzustand operiert, Rzewuski ist also durch ihn gestorben.

Vielleicht entsteht an dieser Stelle der Eindruck, der Professor sitze schon entschieden zu lange in seinem Arbeitszimmer, unsere Geschichte brauche ein bißchen mehr Dynamik.

Leider ist der Fluchtversuch, der die Attraktivität der ganzen Geschichte zweifellos heben würde, nicht gelungen. Was bleibt übrig?

Ach ja, da bleibt noch Gott.

Aber nicht der, mit dem der fromme Jude, Herr Bubner, einen positiven Verlauf der Operation bei seiner Frau vereinbart hat.

Es ist der Gott, zu dem der Professor am Sonntag um elf Uhr gemeinsam mit seiner Ehefrau, drei Kindern, Schwiegersöhnen, Schwiegertochter und einer Gruppe Enkel betet.

In diesem Augenblick könnte der Professor in seinem Arbeitszimmer wenigstens beten – nur um was?

Ja, um was eigentlich?

Daß Rzewuski es sich im letzten Moment, bereits auf dem Operationstisch, überlegt und die Zustimmung zur Operation widerruft? Oder daß seine Frau, die jetzt auf dem Korridor weint, plötzlich widerspricht?

Ja, darum zu beten, hat der Professor jetzt Lust.

Nur – Moment mal – wenn er die Operation ablehnte, unterschriebe dieser Mensch (das weiß der Professor genau) sein eigenes Todesurteil. Darf der Professor denn um den sicheren Tod dieses Mannes beten?

Solche Operationen hat vor ihm niemand gemacht, das stimmt, oder sie sind anders gemacht worden. Aber vor Barnard hat auch niemand Herzen verpflanzt. Jemand muß es schließlich versuchen, wenn sich die Medizin überhaupt weiterentwickeln soll. (Wie wir sehen, fügt der Professor eine gesellschaftliche Motivation ein.) Wann aber darf man es versuchen? Wenn man tief überzeugt ist, daß die Operation Sinn hat. Der Professor ist überzeugt. Er hat den Eingriff bis in die kleinsten Einzelheiten durchdacht, und das ganze Wissen, das er besitzt, seine Erfahrung und seine Intuition, alles bestätigt ihm die Logik und die Notwendigkeit dessen, was er zu tun vorhat. Außerdem gibt es hier nichts zu verlieren. Er weiß, ohne diese Operation stirbt der Mensch sowieso. (Stirbt Rzewuski bestimmt ohne diese Operation?)

Er ruft die Internisten.

»Stirbt Rzewuski, wenn ich ihn nicht operiere?« fragt er zum hundertsten Mal.

»Es ist der zweite Infarkt, Herr Professor. Der zweite, ausgedehnte Infarkt.«

»Dann übersteht er auch die Operation nicht. Warum ihn zusätzlich quälen?«

»Herr Professor, er ist nicht aus Warschau hergebracht worden, damit er stirbt, sondern damit wir ihn retten.«

Das sagt Dr. Edelman. Ach ja, Dr. Edelman hat gut reden. Im Falle eines Falles wird man ihm keine Vorwürfe machen.

Edelman ist davon überzeugt, daß er recht hat. Auch der Professor ist davon überzeugt, aber der

Professor, nur der Professor muß dieses ›recht haben‹ mit seinen Händen nachprüfen.

»Warum«, frage ich, »warst du überzeugt, daß diese Operationen gemacht werden mußten?«

»Weil ich's halt war. Weil ich sah, daß sie Sinn hatten und gelingen mußten.«

»Hör mal«, sage ich, »entscheidest du dich vielleicht darum so leicht zu so etwas, weil du mit dem Tod vertraut bist? Weil du sehr viel besser mit ihm vertraut bist als zum Beispiel der Professor?«

»Nein«, antwortet er. »Ich hoffe, nicht darum. Nur – wenn man den Tod gut kennt, hat man eine größere Verantwortung für das Leben. Jede, auch die kleinste Chance des Lebens wird wichtig.«

(Die Chance des Todes war hier jedesmal gegenwärtig. Es ging darum, die Chance des Lebens zu schaffen.)

Achtung! Der Professor führt jetzt eine neue Figur ein, Frau Dozentin Wróbel.

»Holt Frau Dozentin Wróbel «, sagt er.

Alles ist klar.

Frau Dozentin Wróbel ist eine ältere, schüchterne, vorsichtige Frau, die Kardiologin aus der Klinik des Professors. Sie wird ihm bestimmt zu nichts Unangemessenem raten, zu keinem Risiko. Der Professor wird fragen: »Na und, Frau Zofia? Was empfehlen Sie zu tun?« Und Frau Zofia wird sagen: »Am besten warten, Herr Professor, wir wissen ja nicht, wie so ein Herz sich verhält.« Dann wird sich der Professor an Edelman wenden: »Sehen Sie, Herr Kollege. Meine Kardiologen erlauben es mir nicht!« (Das Wort

›meine‹ wird er besonders betonen, denn Frau Dozentin Wróbel arbeitet an seiner Klinik, Dr. Edelman aber im Städtischen Krankenhaus. Doch vielleicht kommt mir das nur so vor. Vielleicht wird er das ganz normal sagen, ohne jede Betonung. Und das Wort ›meine‹ wird nur soviel bedeuten, daß der Professor als Leiter der Klinik auf seine Ärzte hören muß.)

Da kommt die Dozentin Wróbel. Schüchtern, wie sie ist, wird sie rot und senkt die Lider. Und sagt leise:

»Sie müssen operieren, Herr Professor.«

Nein, das ist doch wirklich die Höhe!

»Frau Zofia!« ruft der Professor. »Auch Sie sind gegen mich?!«

Er tut, als sagte er das zum Spaß, aber ihn erfaßt ein seltsames Gefühl, das ihn heute bis zum Schluß nicht mehr verlassen wird.

Während er vom Schreibtisch aufsteht, die Koronarographien zusammenrafft und zum Operationssaal geht, wo der betäubte Rzewuski wartet und die Chirurgen in den hellblauen Masken und die Instrumentenschwestern – wird er den Eindruck haben, trotz der Anwesenheit dieser Menschen völlig allein zu sein.

Ganz allein mit dem Herzen, das sich in seinem Beutel bewegt wie ein erschrecktes Tierchen.

Es bewegt sich immer noch.

Alles bisher Niedergeschriebene habe ich den Leuten gezeigt, aber sie verstehen es nicht. Warum ich nicht erzählt hätte, wie er herausgekommen ist? Man weiß noch nicht, wie er herausgekommen ist, und nun wartet er vor der Tür des Professors. Aber er muß dort warten; wenn es ihn dort nicht gäbe, wäre der Professor längst zu Hause, mitten in den Abendnachrichten des Fernsehens, entspannt und völlig ruhig.

Er muß also vor der Tür warten zusammen mit Aga und Elżbieta Chętkowska. Allerdings, Elżbieta lebt nicht mehr. Das heißt, sie lebte, als die drei dort saßen und warteten, aber sie lebt nicht mehr, während ich jetzt über ihr Warten schreibe. Geblieben ist nur der Dr.-Elżbieta-Chętkowska-Preis, den man für hervorragende Leistungen auf dem Gebiet der Kardiologie verleiht.

Finanziell getragen wird der Preis von den Honoraren für die Arbeit *Der Herzinfarkt.* An jener anderen Arbeit über die Hungerkrankheit hatte er nicht mitwirken können, weil er im Ghettospital nur Laufbursche war, in der neuen aber beschrieb er alles, was er von Herzkranken wußte. Tosia Goliborska hat mir erzählt, sie hätten im Ghettospital etwas von seinen anderen Beschäftigungen, nach denen man besser nicht fragte, geahnt und folglich nicht viel von ihm verlangt, gerade daß er täglich Blutproben von Typhuskranken in das Epidemiologische Institut zu bringen hatte, danach konnte er dann seinen Posten am Eingang zum Umschlagplatz beziehen und dort sechs Wochen lang stehen, bis die vierhunderttausend Menschen auf dem Wege zu den Waggons an ihm vorübergegangen waren.

In dem Film *Requiem für 500 000* sieht man, wie sie gehen. Man sieht sogar die Brotlaibe, die sie in der Hand tragen. Der deutsche Kameramann stand in der Waggontür und filmte von dort aus die rennende Menge, die stolpernden alten Frauen, die Mütter, die ihre Kinder an der Hand hinter sich herzogen. Sie laufen mit dem Brot auf uns und die schwedischen Journalisten zu, die Material über das Ghetto suchten. Sie laufen auf Inger zu, die schwedische Journalistin, die mit verwunderten blauen Augen die Leinwand anstarrt und begreifen möchte, warum so viele Leute auf den Waggon zulaufen – und warum Schüsse hallen. Was war das für eine Erleichterung, als sie anfingen zu schießen. Was war das für eine Erleichterung, als die Explosionen am Boden die rennenden Menschen und ihre Brote verdeckten und als der Sprecher die Information über den Ausbruch des Aufstands gab, was man nun auch Inger sachlich erklären konnte (*rising's broken out*, *April 43*).

Ich sage ihm das, und ich sage, es war wirklich ein guter Einfall, das mit dem Schießen. Gut, daß die Explosionen die Leute verdeckten – aber da fängt er an zu schreien. Er schreit, ich hielte die auf den Waggon Zulaufenden sicher für schlechter als die, die schießen. Klar, das tue ich, das tun ja alle, sogar der amerikanische Professor, der ihn neulich besucht hat, sagte: »Ihr gingt wie die Lämmer in den Tod«. Der amerikanische Professor war einmal am französischen Strand gelandet, 400 oder 500 m unter mörderischem Beschuß gelaufen, ohne sich zu ducken oder hinzufallen, er war verwundet worden. Jetzt aber meint er, wenn jemand über einen solchen Strand gelaufen ist, kann er später sagen, der Mensch muß laufen oder der Mensch muß schießen oder ihr gingt wie die Lämmer in den Tod. Die Frau des Professors fügte hinzu, die Schüsse seien für künftige Generationen notwendig. Der Tod schweigend sterbender Menschen sei nichts, weil er nichts hinterläßt, aber wer schießt, hinterläßt eine Legende – für sie und ihre amerikanischen Kinder.

Er verstand genau, daß der Professor, der seine Wundnarben hatte, seine Orden und seine Kathedrale, auch noch diese Schüsse in seiner Geschichte haben wollte. Er versuchte dennoch, ihm Verschiedenes klar zu machen, nämlich daß der Tod in der Gaskammer nicht schlechter sei als der Tod im Kampf und daß der Tod nur unwürdig sei, wenn man versucht habe, auf anderer Menschen Kosten zu überleben – aber es gelang ihm nicht, irgend etwas klar zu machen, weil er wieder zu schreien begann; und eine Frau, die dabei war, versuchte, ihn zu rechtfertigen, verzeiht ihm, bat sie geniert, man muß ihm verzeihen . . .

»Mein Kind«, sagt er zu mir. »Du mußt das endlich verstehen. Diese Menschen gingen ruhig und würdevoll. Es ist schrecklich, wenn man so ruhig in den Tod geht. Das ist wesentlich schwieriger als zu schießen. Es ist ja viel leichter, schießend zu sterben, es war für uns viel leichter zu sterben, als für einen Menschen, der auf den Waggon zugeht und dann im Waggon fährt und dann eine Grube für sich gräbt und sich dann nackt auszieht . . . Verstehst du das jetzt?« fragt er.

»Ja«, sage ich. »Das ja. Denn es fällt uns auch leichter, ihren Tod mitanzusehen, wenn sie schießen, als wenn sie Gruben für sich selbst ausheben.«

»Einmal sah ich auf der Żelazna-Straße einen Auflauf. Die Leute drängten sich um eine Tonne, eine gewöhnliche Holztonne, auf der ein Jude stand. Er war alt und klein und hatte einen langen Bart.

Vor ihm standen zwei deutsche Offiziere. (Zwei schöne, gut gewachsene Männer vor dem kleinen, buckligen Juden.) Und diese Deutschen schnitten mit einer großen Schneiderschere dem Juden Stück für Stück den langen Bart ab und lachten sich dabei halb tot.

Die Menge, die sie umgab, lachte auch. Denn objektiv genommen war das wirklich komisch: das kleine Männchen auf der Holztonne mit dem Bart, der unter der Schneiderschere immer kürzer wurde und verschwand. Wie ein Gag im Film.

Es gab das Ghetto noch nicht, darum empfand man bei dieser Szene kein Grauen. Dem Juden geschah ja auch nichts Schreckliches, nur daß man ihn ungestraft auf diese Tonne hatte stellen können und die Menschen bereits zu verstehen begannen, das sei ungestraft möglich, und daß es lächerlich wirkte.

Weißt du was?

Damals begriff ich: Wichtig ist vor allem, daß man sich nicht auf eine Tonne stellen läßt. Nie, von niemandem. Verstehst du?

Alles, was ich später tat, habe ich getan, um mich nicht dorthin stellen zu lassen.«

»Das war zu Anfang des Krieges, und du konntest noch wegfahren. Deine Kollegen flohen doch über die grüne Grenze, da hin, wo es solche Tonnen nicht gab.«

»Das waren andere Leute. Das waren großartige Burschen aus gebildeten Häusern. Sie lernten ausgezeichnet, sie hatten Telefon, in ihren Wohnungen hingen schöne Bilder. Originale, keine Reproduktionen. Gegen sie war ich ein Nichts. Ich lernte schlechter, sang schlechter, konnte nicht radfahren und hatte kein Zuhause, denn meine Mutter starb, als ich vierzehn war. (*Colitis ulcerosa*, eitrige Darmentzündung. Der erste Patient, den ich in meinem Leben heilte, litt genau daran. Aber damals gab es bereits Encorton und Penicillin, und nach ein paar Wochen hatte er es geschafft.)

Wovon haben wir gesprochen?«

»Daß deine Kollegen wegfuhren.«

»Sieh mal, vor dem Kriege habe ich den Juden gesagt, ihr Platz sei hier, in Polen. Hier werde es den Sozialismus geben, hier sollten sie bleiben. Als sie dann blieben und der Krieg ausbrach und das zu geschehen begann, was in diesem Krieg mit den Juden geschah, durfte ich da wegfahren?

Nach dem Kriege stellte sich heraus, daß meine Kollegen Direktoren japanischer Konzerne waren oder Physiker amerikanischer Kernenergie-Agenturen oder Universitätsprofessoren. Wie gesagt, es waren sehr begabte Burschen.«

»Aber damals warst du auch schon aufgestiegen. Du hattest bereits die Papiere eines Helden. Sie konnten dich in ihre großartige Gemeinschaft aufnehmen.«

»Sie haben mir vorgeschlagen hinzufahren. Aber ich hatte vierhunderttausend Menschen auf den Umschlagplatz begleitet. Ich ganz persönlich. Alle kamen an mir vorbei, wenn ich dort am Tor stand.

Aber hör endlich auf, mir diese sinnlosen Fragen zu stellen: Warum bist du dageblieben, warum bist du dageblieben.«

»Aber ich frage dich ja gar nicht danach.«

». . .«

»Na?«

»Was na?«

»Erzähl von den Blumen. Egal, wovon. Aber meinetwegen von den Blumen. Daß du zu jedem Jahrestag des Aufstands Blumen bekommst, ohne zu wissen, von wem. Bislang zweiunddreißig Blumensträuße.«

»Einunddreißig. Im Jahre 68 bekam ich keine Blumen. Ich war betroffen, aber schon im nächsten bekam ich sie wieder und bekomme sie bis heute. Mal waren es Butterblumen, voriges Jahr Rosen, dieses Jahr Jonquillen – stets sind es gelbe Blumen. Ein Bote aus dem Blumengeschäft bringt sie wortlos.«

»Ich weiß nicht, ob ich das schreiben soll. Anonyme gelbe Blumen – Trivialliteratur. An dir hängen überhaupt solche Kitschgeschichten. Diese Dirnen zum Beispiel, die dir jeden Tag ein Brötchen gaben. Darf man überhaupt schreiben, daß es im Ghetto Dirnen gab.«

»Weiß ich nicht. Sicher nicht. Im Ghetto hätte es Märtyrerinnen geben sollen und Jeanne d'Arcs, nicht wahr? Aber falls du das wissen willst, in dem Bunker auf der Miła gab es bei der Gruppe Anielewicz ein paar Dirnen und sogar einen Zuhälter. So einen

Tätowierten, Großen mit dickem Bizeps, der sie kommandierte. Das waren gute, sparsame Mädchen. Wir brachen zu ihrem Bunker durch, als unserer zu brennen begann, dort waren sie alle, Anielewicz, Celina, Lutek, *Jurek* Wilner. Wir freuten uns sehr, noch einmal beisammen zu sein. Diese Mädchen gaben uns zu essen, und Guta hatte Juno-Zigaretten. Es war einer der besten Tage im Ghetto.

Als wir später wieder hinkamen und bei ihnen das alles schon geschehen war, als es keinen Anielewicz, keine Lutka und keinen *Jurek* Wilner mehr gab, fanden wir diese Mädchen im Nachbarkeller.

Am nächsten Tag stiegen wir hinunter in die Kanalisation. Alle stiegen hinunter, ich war der letzte, und eines dieser Mädchen fragte, ob sie mit uns auf die arische Seite gehen könnten. Aber ich antwortete: Nein.

Siehst du.

Jetzt bitte ich dich sehr, zwing mich nicht zu erklären, warum ich damals nein gesagt habe.«

»Hattest du früher, zur Zeit des Ghettos, eine Möglichkeit, auf die arische Seite zu kommen?«

»Ich ging ganz legal auf die arische Seite, Tag für Tag. Als Laufbursche des Spitals trug ich die Blutproben von den Typhuskranken zur Untersuchung in das Epidemiologische Institut auf der Nowogródzka.

Ich hatte einen Passierschein. Im ganzen Ghetto gab es damals nur wenige Passierscheine, im Spital auf der Czysta, in der Jüdischen Gemeinde; in unserem Spital hatte nur ich einen. Die Leute von der Gemeinde, das waren Würdenträger, die gingen zu den Ämtern und fuhren mit der Droschke. Ich aber ging mit meiner Armbinde auf der Straße, zwischen den Leuten, und alle Leute starrten mich und meine Armbinde an. Neugierig, mitleidig, manchmal spöttisch.

So bin ich täglich gegen acht Uhr gegangen, ein paar Jahre hindurch, und nichts Böses ist mir zugestoßen. Niemand hat mich angehalten, niemand einen Polizisten gerufen, nicht einmal gelacht hat jemand. Die Leute haben nur gestarrt, mich nur angestarrt . . .«

»Ich habe dich gefragt, warum du nicht auf der arischen Seite geblieben bist.«

»Weiß ich nicht. Heute weiß man so ein Warum nicht mehr.«

»Vor dem Krieg warst du ein Niemand. Wie kam es dann, daß du drei Jahre später schon Mitglied des Kommandos der ŻOB warst? Einer von fünf Auserwählten unter dreihunderttausend.«

»Ich sollte nicht dazugehören. Dort sollte . . . Nun, egal, nennen wir ihn Adam. Er hatte gerade die Fähnrichschule hinter sich und war im September-Feldzug gewesen, bei der Verteidigung von Modlin. Alle kannten seinen Mut. Jahrelang war er mein wahrer Abgott.

Eines Tages gingen wir zusammen die Leszno entlang, auf der Straße war eine Menge Menschen; plötzlich begannen irgendwelche SS-Männer zu schießen.

Die Menge stürzte sich in die Flucht. Er auch.

Weißt du, ich konnte mir vorher überhaupt nicht

vorstellen, daß er sich vor irgend etwas fürchtete. Aber mein Idol floh.

Denn er war daran gewöhnt, immer eine Waffe zu haben, in der Fähnrichschule, im September in Warschau und in Modlin. Die anderen hatten Waffen, und er hatte eine Waffe, folglich war er tapfer. Als dann jedoch die anderen schossen und er nicht schießen konnte – war er wie verwandelt.

Eigentlich ging das ganz ohne Worte vor sich, von einem Tag auf den anderen, er hörte einfach auf mitzumachen. Und als die erste Sitzung des Kommandos stattfand, war er dafür nicht mehr geeignet. Darum ging ich.

Er hatte ein Mädchen, Ania. Die wurde abgeholt und in den Pawiak gesperrt. Später kam sie übrigens heraus, aber als sie geholt worden war, brach er völlig zusammen. Er kam zu uns, stützte sich mit den Händen auf den Tisch und fing an zu reden, wir seien ohnehin verloren, sie würden uns abschlachten, wir seien jung und sollten in den Wald fliehen.

Niemand unterbrach ihn.

Als er gegangen war, sagte jemand: Das kommt daher, daß sie abgeholt worden ist. Jetzt weiß er nicht mehr, wofür er lebt. Jetzt wird er sterben. Jeder brauchte damals jemanden, um den sich sein Leben drehte, für den er aktiv sein konnte. Passivität bedeutete sicheren Tod. Aktivität war die einzige Chance zu überleben. Man mußte etwas tun, irgendwo hingehen.

Was man tat, war gleichgültig, weil sowieso alle umkamen, aber man wartete wenigstens nicht untätig, bis man an die Reihe kam.

So betätigte ich mich am Umschlagplatz – ich sollte mit Hilfe unserer Vertrauensleute in den Reihen der Ghettopolizei die herausholen, die wir am nötigsten brauchten. Eines Tages holte ich einen Burschen und sein Mädchen heraus – er war Drucker und sie eine sehr gute Meldegängerin. Sie kamen bald beide um, er im Aufstand (aber vorher schaffte er es noch, eine Zeitungsnummer zu drucken), sie auf dem Umschlagplatz (aber vorher schaffte sie es noch, sie zu verteilen).

Was das für einen Sinn hatte, willst du fragen?

Keinen. Man stand nur nicht auf der Tonne. Das war alles.

Am Umschlagplatz befand sich das Ambulatorium. Darin arbeiteten die Schülerinnen der Schwesternschule, übrigens der einzigen Schule im Ghetto. Geleitet wurde sie von Luba Blum, die darauf achtete, daß alles so war wie in einer richtigen, ordentlichen Schule: schneeweiße Schürzen, gestärkte Häubchen, mustergültige Disziplin. Um jemanden auf dem Umschlagplatz herauszuholen, mußte man den Deutschen beweisen, daß er tatsächlich krank war. Kranke wurden mit Krankenwagen nach Hause geschafft – die Deutschen hielten bis zum letzten Augenblick unter den Menschen die Überzeugung aufrecht, sie führen mit diesen Waggons zur Arbeit, und arbeiten kann ja nur ein Gesunder. Die Mädchen aus dem Ambulatorium also, die Schwestern, brachen den Leuten, die gerettet werden sollten, ein Bein. Sie lehnten das Bein gegen einen Holzklotz und schlugen mit einem zweiten Klotz zu, alles in den schneeweißen Schürzen musterhafter Schülerinnen.

Bis zur Verladung in die Waggons warteten die Menschen in der Schule. Sie wurden der Reihe nach geholt, etagenweise; deshalb flohen sie vom Parterre in die erste, von der ersten in die zweite Etage, aber es gab nur drei Etagen, in der dritten war Schluß mit ihrer Aktivität und Energie, höher ging es nicht mehr. In der dritten Etage war der große Turnsaal. Dort lagen einige Hundert Menschen auf dem Fußboden. Niemand stand, niemand ging, niemand rührte sich überhaupt, die Menschen lagen apathisch und schweigend.

Im Saal war eine Nische. In der Nische vergewaltigten ein paar Wlassow-Leute – sechs oder vielleicht auch acht – ein Mädchen. Sie standen Schlange und vergewaltigten sie, und als die Schlange zu Ende war, verließ das Mädchen die Nische und ging, über die Liegenden stolpernd, durch den ganzen Saal, weiß, nackt, blutig, und setzte sich in eine Ecke. Die Menge sah alles, und niemand sagte ein Wort. Niemand rührte sich, das Schweigen dauerte an.«

»Hast du das gesehen, oder hat dir das jemand erzählt?«

»Ich habe es gesehen. Ich stand am Ende des Saals und habe alles gesehen.«

»Du standest am Ende des Saals?«

»Ja. Ich habe das einmal Elżbieta erzählt. Sie hat gefragt: ›Und du? Was hast du da getan?‹ – ›Nichts‹, habe ich ihr geantwortet. ›Außerdem sehe ich, daß es überhaupt keinen Sinn hat, dir das zu erzählen. Du verstehst nichts.‹«

»Ich weiß nicht, warum du ärgerlich warst. Elżbieta hat so reagiert wie jeder normale Mensch reagiert hätte.«

»Ich weiß. Ich weiß auch, was ein normaler Mensch in dieser Situation zu tun hätte. Wenn eine Frau vergewaltigt wird, stürzt ein normaler Mensch hin, um sie zu verteidigen, nicht wahr?«

»Wenn du hingestürzt wärest, hätten sie dich umgebracht. Wenn aber alle Leute vom Fußboden aufgestanden wären, hätten sie die Ukrainer leicht entwaffnen können.«

»Niemand stand auf. Niemand war imstande, vom Fußboden aufzustehen. Diese Leute waren nur noch imstande, auf die Waggons zu warten. Aber warum reden wir eigentlich darüber?«

»Ich weiß nicht. Wir haben vorhin gesagt, daß man sich betätigen mußte.«

»Ich betätigte mich also am Umschlagplatz, dieses Mädchen aber lebt, weißt du? Ehrenwort. Sie hat einen Mann und zwei Kinder und ist sehr glücklich.«

»Du betätigtest dich am Umschlagplatz . . .«

» . . . und eines Tages holte ich Pola Lifszyc heraus. Am nächsten Tag kam Pola nach Hause und sah, daß ihre Mutter nicht da war – sie wurde schon in einer Kolonne auf den Umschlagplatz getrieben. Da rannte Pola hinter der Kolonne her, von Leszno bis Stawki, ihr Verlobter fuhr sie noch in der Rikscha, damit sie sie einholte, und sie schaffte es. Im letzten Augenblick mischte sie sich unter die Menge, um mit ihrer Mutter in den Waggon steigen zu können.

Von Korczak wissen alle, nicht wahr? Korczak war ein Held, weil er mit den Kindern in den Tod ging.

Und Pola Lifszyc, die mit ihrer Mutter ging? Wer weiß von Pola Lifszyc?

Dabei konnte sie, Pola, auf die arische Seite hinübergehen, denn sie war jung, hübsch, einer Jüdin nicht ähnlich und hatte hundertmal mehr Chancen.«

»Du hast einmal diese Lebensnummern erwähnt. Wer hat sie verteilt?«

»Es gab vierzigtausend Nummern – gelbe Kärtchen mit einem Stempel. Die Deutschen gaben sie der Gemeinde und sagten: ›Verteilt ihr sie selbst. Wer eine solche Nummer hat, bleibt im Ghetto. Alle andern gehen auf den Umschlagplatz.‹

Das war zwei Tage vor dem Abschluß der Räumungsaktion, im September. Die Chefärztin unseres Spitals, Frau Dr. Heller, bekam ein Dutzend Nummern und sagte: ›Ich werde sie nicht verteilen.‹

Irgendein Arzt hätte diese Nummern ausgeben können, aber alle waren der Ansicht, sie würde sie denen geben, die sie am meisten verdienten.

Hör zu: ›Die sie verdienten‹. Gibt es einen Maßstab, nach dem man entscheiden kann, wer das Recht hat zu leben? Solch einen Maßstab gibt es nicht. Aber zu ihr kamen Delegationen und baten sie, es zu tun. Darum begann sie, die Nummern zu verteilen.

Eine Nummer gab sie Frania. Frania aber hatte noch ihre Mutter und eine Schwester. An der Zamenhof-Straße wurden alle aufgestellt, die Nummern hatten, und rundherum drängte sich die Menge der Menschen, die keine hatten. Dort stand auch Franias Mutter. Die Mutter wollte nicht von ihr weggehen, und Frania mußte sich in die Reihe stellen, sie sagte:

›Mutter, geh schon‹ und schob sie mit der Hand fort. ›Nun geh schon.‹

Ja, Frania hat überlebt.

Sie hat später ein gutes Dutzend Menschen gerettet, im Warschauer Aufstand hat sie einen Jungen aus dem Feuer getragen, überhaupt, sie hat sich außerordentlich bewährt.

Frau Tenenbaum, die Oberin der Schwestern, bekam eine Nummer. Sie war die Freundin von Berenson, dem berühmten Rechtsanwalt, einem der Verteidiger im Brester Prozeß. Sie hatte eine Tochter, der die Direktorin keine Nummer gab. Frau Tenenbaum gab ihrer Tochter die Nummer, sagte: ›Halt mal einen Augenblick, ich komme gleich wieder‹, ging nach oben und schluckte eine Rolle Luminal.

Wir fanden sie am nächsten Tag, sie lebte noch.

Meinst du, wir hätten sie retten sollen?«

»Was wurde aus ihrer Tochter, die nun eine Nummer hatte?«

»Sag mir erst, ob wir sie hätten retten sollen.«

»Weißt du, Tosia Goliborska hat mir gesagt, ihre Mutter hätte auch Gift genommen – ›aber dieser Kretin, mein Schwager‹, erzählte Tosia, ›hat sie gerettet. Können Sie sich solch einen Kretin vorstellen? Jemanden zu retten, damit er ein paar Tage später auf den Umschlagplatz geschleppt wird.‹«

»Als die Räumungsaktion begann und die Menschen aus dem Parterre unseres Spitals schon herausgeholt waren, brachte oben eine Frau ihr Kind zur Welt. Neben ihr standen der Arzt und die Schwester. Als das Kind geboren war, gab der Arzt es der Schwester. Die legte es auf ein Kissen und deckte es mit einem zweiten zu. Das Kind quäkte einen Augenblick und verstummte.

Diese Schwester war neunzehn Jahre alt. Der Arzt sagte nichts zu ihr, kein Wort, das Mädchen wußte selbst, was es zu tun hatte.

Gut, daß du heute nicht fragst: ›Und lebt das Mädchen noch?‹ – wie du nach der Ärztin gefragt hast, die den Kindern Zyankali gab.

Ja, sie lebt. Sie ist eine hervorragende Kinderärztin.«

»Also was ist aus Frau Tenenbaums Tochter geworden?«

»Nichts. Sie ist auch umgekommen. Aber sie hatte ein paar gute Monate, sie hatte einen Freund und war in seiner Gegenwart immer heiter und froh. Sie hatte wirklich ein paar gute Monate.

Dieser Franzose vom *L'Express* hat mich gefragt, ob die Menschen im Ghetto sich geliebt hätten. Also . . .«

»Entschuldige. Hast du auch eine Nummer bekommen?«

»Ja. Ich stand in der fünfzehnten Fünfergruppe dieser Kolonne, in der auch Frania und Frau Tenenbaums Tochter standen, da sah ich meine Freundin und ihren Bruder. Schnell zog ich sie in die Kolonne, aber so handelten auch andere, und in der Kolonne standen nicht mehr vierzig-, sondern vierundvierzigtausend Menschen.

Die Deutschen zählten durch, schnitten die letzten viertausend ab und schickten sie zum Umschlagplatz. Ich gehörte zu den vorderen vierzigtausend.«

»Ja, also der Franzose fragte dich . . .«

». . . ob die Menschen sich geliebt haben. Weißt du, mit jemandem zusammen zu sein, war die einzige Möglichkeit, im Ghetto zu leben. Der Mensch schloß sich irgendwo mit einem anderen Menschen ein – im Bett, im Keller, wo auch immer, und war bis zur nächsten Aktion nicht mehr allein.

Dem einen wurde die Mutter weggeholt, dem anderen der Vater an Ort und Stelle erschossen oder die Schwester per Transport fortgeschafft; wenn jemand wie durch ein Wunder hatte fliehen können und noch lebte, mußte er sich an einen anderen lebendigen Menschen anschließen.

Die Menschen drängten aufeinander zu wie nie zuvor, wie nie im normalen Leben. Während der letzten Räumungsaktion liefen sie zur Gemeinde und suchten einen Rabbiner oder sonst jemanden, der sie trauen konnte, und gingen dann als Ehepaar zum Umschlagplatz.

Tosias Nichte ging mit ihrem Freund in die Pawia-Straße, im ersten Haus wohnte ein Rabbiner. Er traute sie, und gleich darauf griffen die Ukrainer die beiden auf, einer hielt ihr den Lauf an den Bauch. Da schob er, ihr Mann, den Lauf beiseite und beschützte ihren Bauch mit seiner Hand. Sie wurde zum Umschlagplatz gebracht, während er mit abgerissener Hand auf die arische Seite floh und später im Warschauer Aufstand fiel.

Darauf kam es an, daß jemand da war, der deinen

Bauch mit eigener Hand schützte, wenn es nötig wurde.«

»Als die ganze Aktion begann, der Umschlagplatz und das alles, habt ihr, du und deine Freunde, gleich begriffen, was das bedeutete?«

»Ja. Am 22. Juli 1942 wurde die Anordnung über die ›Umsiedlung der Bevölkerung nach Osten‹ plakatiert. Doch wir klebten noch in derselben Nacht Zettel darauf: ›Umsiedlung ist Tod‹.

Am nächsten Morgen fingen sie an, die Häftlinge aus den Arrestzellen und die Alten auf den Umschlagplatz zu schaffen. Das dauerte den ganzen Tag, weil sechstausend Häftlinge transportiert werden mußten, die Menschen standen an den Bordsteinen und schauten zu, und – weißt du – es war völlig still. Das alles lief in einer absoluten Stille ab.«

Nachher gab es keine Häftlinge mehr und keine Alten und keine Bettler, aber jeden Tag mußten zehntausend Personen auf den Umschlagplatz geliefert werden. Das sollte die jüdische Polizei unter Aufsicht der Deutschen machen, und die Deutschen sagten: ›Es wird Ruhe herrschen, und niemand wird schießen, wenn ihr täglich bis vier Uhr zehntausend Menschen zu den Waggons liefert‹ (denn um vier Uhr mußte der Zug abfahren). Darum wurde den Leuten gesagt: ›Wir müssen zehntausend abliefern, dann werden die anderen überleben.‹

Die Polizei nahm von sich aus die Leute fest – erst auf der Straße, dann umstellte sie Häuser, dann holte sie sie aus den Wohnungen.

Manche Polizisten haben wir abgeurteilt, den Polizeikommandanten Szeryński, Lejkin und ein paar andere.

Am zweiten Tag der Aktion, am 23. Juli, versammelten sich die Vertreter aller politischen Parteien und sprachen zum ersten Mal über den bewaffneten Kampf. Alle hatten sich bereits entschlossen und überlegten, woher sie Waffen kriegen könnten, aber nach einigen Stunden, um zwei oder drei Uhr nachmittags, kam jemand und sagte, die Aktion sei abgebrochen worden, niemand würde mehr umgesiedelt. Nicht alle glaubten es, aber die Atmosphäre entspannte sich sofort, Beschlüsse wurden nicht gefaßt.

Die Mehrheit glaubte immer noch nicht, daß es der Tod sei. ›Ist es möglich‹, sagten sie, ›daß sie ein ganzes Volk ausrotten?‹ und beruhigten sich damit. ›Man muß ihnen die Menschen auf den Platz liefern, damit die anderen überleben.‹

Am ersten Tag der Aktion abends beging Czerniaków, der Präses der Gemeinde, Selbstmord. Das war der einzige Regentag. Sonst schien während der Aktion die ganze Zeit die Sonne. An dem Tage, als Czerniaków starb, ging die Sonne rot unter, und wir dachten, am nächsten Tag würde es regnen, aber die Sonne schien.«

»Wozu brauchtet ihr Regen?«

»Gar nicht. Ich sage es, weil es so war.

Was Czerniaków anbetrifft, machten wir ihm Vorwürfe. Wir waren der Meinung, er dürfte nicht . . .«

»Ich weiß, wir haben schon darüber gesprochen.«

»Ja? Weißt du, nach dem Krieg hat mir jemand gesagt, dem Lejkin, dem Polizisten, den wir im

Ghetto erschossen haben, sei damals nach siebzehnjähriger Ehe ein Kind geboren worden und er hätte gedacht, er könne es durch besonderen Eifer retten.«

»Willst du noch etwas über die Aktion sagen?«

»Nein. Die Aktion war beendet. Ich lebte.«

Es ergab sich so, daß Herr Rudny und Frau Bubner und Herr Wilczkowski, ein Alpinist, ihren Infarkt am Freitag oder in der Nacht von Freitag auf Samstag hatten. Der Samstag also war für alle der Tag, an dem sie nichts mehr tun konnten. Am Samstag lagen sie alle reglos, hingen an der Xylocain-Tropfinfusion und dachten nach.

Der Ingenieur Wilczkowski zum Beispiel dachte an die Berge, genauer gesagt an einen von der Sonne vergoldeten Gipfel (so poetisch drückte er sich später aus), auf dem man endlich das Seil löst und sich hinsetzt, und das war kein Gipfel in den Alpen oder in Äthiopien oder gar im Hindukusch, sondern nur ein Tatra-Gipfel, der Mięguszowiecki oder vielleicht der Żabi Mnich, den er mal im September auf einer sehr schönen Route durch die Westwand bestiegen hatte. Herr Rudny (erste Bypass-Operation während eines akuten Herzinfarkts) dachte an Maschinen – versteht sich, lauter moderne, Importware aus England oder der Schweiz, und alles in Betrieb, denn bei keiner fehlte auch nur das kleinste Teilchen. Frau Bubner dagegen (Umkehr der Strömungsrichtung des Blutes) hatte eine Spritzgußmaschine vor Augen. Ein Arbeiter fertigte dort die Plastikteile, in die kochende Farbe aber warf sie sie dann selbst, denn das war die verantwortungsvollste Arbeit. Anschließend montierte sie den ganzen Kugelschreiber (mit schweizerischen Minen, die sie aus Paketen bekam, natürlich hatte sie eine Zollquittung), preiste ihn aus und legte ihn in die Schachtel.

Daran dachten Dr. Edelmans Patienten, während sie an der Xylocain-Tropfinfusion hingen.

Während der Tropfinfusion denkt man gewöhnlich an das Wichtigste.

Für die Chefärztin Dr. Heller war es das Wichtigste, wem eine Lebensnummer zustand. Für Herrn Rudny aber sind Maschinenteile das Wichtigste. Hätte also Frau Dr. Heller Herrn Rudny eine Nummer zugeteilt, so wäre es eine Maschinennummer gewesen, denn Maschinen sind Herrn Rudnys Leben, genauso wie für Frau Bubner die Kugelschreiber und für Herr Wilczkowski die Mięguszowiecki-Gipfel.

Was Herr Rzewuski angeht, so dachte er an nichts.

Wenn sich Herr Rzewuski, ähnlich wie Frau Bubner oder Herr Rudny, an das Beste in seinem Leben erinnert hätte, so hätte er zweifellos an die Fabrik gedacht, die ihm anvertraut wurde, als er achtundzwanzig, und die man ihm wegnahm, als er dreiundvierzig Jahre alt war. Er würde jetzt den Metallgeruch riechen und hören, wie jemand mit einer Zeichnung in der Hand eintritt, er wüßte, daß gerade etwas entsteht und daß man dieses Etwas sehen, kontrollieren, messen kann, er empfände Ungeduld beim Anblick des bearbeiteten Metalls, weil er so gern den Prototyp, den er eben noch auf der Zeichnung gesehen, berühren möchte.

(›Die Fabrik‹, sagt Rzewuski, ›war für mich dasselbe wie für Dr. Edelman das Ghetto, das Wichtigste, was sich in meinem Leben ereignet hat. Handeln. Die Chance, sich selbst zu prüfen. ECHTES MÄNNLICHES ABENTEUER.‹)

An das alles dächte Rzewuski ohne Zweifel während der Tropfinfusion, wenn er überhaupt an etwas dächte. Aber, wie gesagt, er dachte an nichts, weder als der Professor noch gedankenversunken in seinem Arbeitszimmer saß und der Anästhesist sich um Herrn Rzewuski kümmerte, noch ein paar Stunden später, als der Professor und Edelman und Frau Chętkowska voller Freude das tanzende Lichtpünktchen des Monitors beobachteten, denn er hatte die ganze Zeit über nur ein einziges Gefühl – Schmerz, und es gab nichts Wichtigeres, als daß der Schmerz sich wenigstens für einen Augenblick legte.

Es war der erste Einstieg zwischen den westlichen Platten, und es war wohl doch nicht September, aber auf jeden Fall hatten sie dann in der Wand viel Sonne. Später sahen sie von oben das Morskie Oko und hinter sich die gezackte, aufragende Welt und die Babia Góra. Als der Engländer Mallory gefragt wurde, warum er auf den Mount Everest gestiegen sei, entgegnete er: »Because it exists«. Dieser vergoldete Gipfel lag in der Ferne, den ganzen Samstag über (zum Xylocain kam noch Ultracorten) stieg er hinauf. Er sah ihn sehr genau, doch kam er keinen Millimeter vorwärts und wußte bereits, daß er diese besonnte Stelle nie im Leben erreichen würde.

Er begann, über seine Chance nachzusinnen. Bisher hatte er in den Bergen keinen Unfall gehabt, aber das beruhigte ihn noch nicht, denn natürlich konnte er sich auf dem Wege seiner Bestimmung befinden. Vor der Expedition nach Äthiopien bekam zum Beispiel ihr Zauberer (daß er einer war, stellte sich erst später heraus) den Gepäckbehälter Nr. 8 und wollte ihn nicht nehmen, folglich nahm ihn jemand anderes; sie waren zu acht, brachen am 8. auf, und der, der den achten Behälter genommen hatte, glitt aus bis heute unverständlichen Gründen von der Kraftfahrzeugplane ab, auf der sie alle, mit Leinen angebunden, geschlafen hatten. Bei Dyhrenfurths Expedition auf den Mount Everest starb ein Hindu vor Erschöpfung, und der Zauberer war der letzte, der ihn gesehen hatte, im übrigen hatte der Hindu dessen Jacke getragen. Die ganze Nacht vom Samstag auf Sonntag dachte Wilczkowski über seine eigene Position nach. Doch obgleich er sich bemühte, völlig objektiv zu denken, kam er zu dem Schluß, daß seine Koordinate sich mit nichts Beunruhigendem kreuze; das stärkte ihn.

Die vier Trommeln in der englischen Maschine müssen so einreguliert werden, daß alle miteinander synchron sind, dann gibt es keine Spannungen, und die Ware bricht nicht. Man reguliert sie über ein stufenloses Getriebe mittels eines Rings an einer Kegelscheibe, und wenn die Ware auf den Trommeln – Rockborten oder Gummiband oder Gurte – ihre Feuchtigkeit und ihre Geschwindigkeit erreicht hat und alle Trommeln ideal übereinstimmen, ist das wunderbar, weil der Mensch weiß, daß er die ganze Maschine beherrscht.

Die Maschinen waren geölt, die Trommeln, die er fehlerlos einreguliert hatte, drehten sich rhythmisch. Herr Rudny konnte also für eine Weile an seinen Schrebergarten denken, den er umgraben mußte, und eigentlich wäre da auch eine Laube von Nutzen.

Seine Frau hatte ihm gesagt, wer weiß, vielleicht sollten sie da ein Häuschen hinstellen, so ein Sommerhäuschen, alle täten das jetzt.

Seine Frau hatte ihm auch gesagt, bis jetzt sei es ihnen immer gelungen, das zu erreichen, woran ihnen am meisten gelegen war. Sie hätten sich ihre Wohnung modern und hell möbliert, nur die Türchen an den Regalfächern seien schwarz lackiert, sie hätten gleich einen Waschmaschinen-Gutschein bekommen, jedes Jahr mit der ganzen Familie Urlaub gemacht und immer hätten sie Kalbfleisch ohne Knochen kaufen können. Wenn sie sich also ein bißchen bemühten, könnten sie auch ein Häuschen haben, hatte seine Frau gesagt, die bis zu dem Augenblick an der offenen Tür zur Intensivstation der Ansicht gewesen war, sie hätten alles gehabt, was im Leben wirklich wichtig sei.

Die Kugelschreiber waren nur im Dom Książki abzusetzen. Weder die Kioske noch die Papiergeschäfte durften ihr diese Ware abnehmen. Sie war darum völlig abhängig von den Buchhandlungen. Der Geschäftsführer einer Buchhandlung konnte auch gleich tausend oder zweitausend Stück nehmen, Frau Bubner mußte also alles tun, damit ihre Ware nicht liegen blieb.

Den Herzinfarkt bekam sie gleich nach der Rückkehr von der Gerichtsverhandlung (sie wurde zu einem Jahr mit dreijähriger Bewährungsfrist verurteilt), bei der sich übrigens herausgestellt hatte, daß der Prozentsatz ganz ausgeglichen war. Alle Kugelschreiber-Produzenten gaben dem Geschäftsführer genau 6 %, d. h. 10 000 oder 12 000 Zł. für jede Partie Ware.

Im Gerichtssaal zeigte sich, daß nicht nur die, die Bestechungsgelder zahlten, herzkrank waren. Denjenigen, die beim Zahlen vermittelten, ging es noch schlechter. Einer der Vermittler nahm immer wieder Nitroglyzerin, und die Richterin legte dann eine kleine Pause ein. »Einen Augenblick«, sagte sie, »wir müssen warten, bis das Nitroglyzerin sich aufgelöst hat, regen Sie sich ja nicht auf.«

Am schlechtesten aber ging es den Empfängern, den Geschäftsführern der Buchhandlungen. Der eine hatte bereits einen Infarkt hinter sich. Der Gerichtsarzt erlaubte ihm, nur eine Stunde lang auszusagen, so daß die Richterin die ganze Zeit über auf die Uhr schauen mußte und nach genau einer Stunde die Verhandlung unterbrach. Zugegeben, die Richterin behandelte alle Herzkranken gut und verständnisvoll, die Handwerker und die Vermittler und die Geschäftsführer vom Dom Książki.

Was sie, Frau Bubner anging, so brauchte sie damals noch keine ärztliche Betreuung. Den Infarkt bekam sie erst nach der Verhandlung bei sich zu Hause, und sie schaffte es sogar, sich auf der Trage aufzurichten und ihren Nachbarn zu bitten, er möge ihren Dackel mit der besten Spritze, die sich auftreiben lasse, einschläfern.

»Herr Dr. Edelman kommt zu mir und sagt: ›Wir müssen operieren, Frau Bubner‹. Da fange ich an zu weinen und sage: ›Nein‹. Darauf er: ›Sie müssen zustimmen, Frau Bubner. Wirklich‹. (Denn Frau Bubners Fall, das war ein Vorderwandinfarkt mit Rechtsschenkelblock, so ein Fall, bei dem die Menschen immer stiller und immer ruhiger werden, weil alles in ihnen stufenweise und langsam abstirbt. Und Frau Bubner war die Vierzehnte, bei der der Professor nicht mehr fragte: ›Was wollt ihr von mir?‹, sondern nur sagte: ›Gut, wir versuchen es!‹) Darum sagte Edelman: ›Sie müssen zustimmen. Wirklich.‹

Und ich dachte damals, wie gut und wie religiös doch mein seliger Mann gewesen ist. Immer hat er gesagt: ›Nun ja, Mania, aber Gott ist‹, er hat sich in der mosaischen Gemeinde betätigt, ist nach der Innungssitzung nie mit den andern ins Restaurant *Malinowa* gegangen, sondern direkt nach Hause gekommen, und wenn ich hin und wieder Lust hatte, in Gesellschaft einen zu trinken, hat er gesagt: ›Bittschön, Mania, aber gib mir deine Tasche, damit du sie nicht verlierst.‹ Wenn so ein Mensch seinen Gott um etwas bittet, wird Gott es ihm bestimmt nicht verweigern. Sogar als ich vor der Verhandlung einen Monat im Mostowski-Palais saß, war ich ruhig. Ich wußte ja, die Tür mußte sich schließlich für mich auftun, weil es unmöglich anging, daß mein Mann das nicht für mich regelte. Und was denken Sie? Hat er es nicht geregelt? Der Buchhalter der Innung ist gekommen, hat die Kaution gezahlt, und ich wurde bedingt freigelassen bis zur Verhandlung.

Deshalb habe ich nun auch gesagt: ›Bitte regen Sie sich nicht auf, Herr Doktor, Sie werden sehen, er regelt alles, wie es richtig ist.‹«

(Bald nach diesen Worten unterband der Professor die Hauptvene an Frau Bubners Herzen, um den Blutabfluß zu unterbrechen und das arterielle Blut in die Venen zu leiten, und zur Freude aller stellte sich heraus, daß das Blut aus diesem Herzen irgendeinen Abfluß fand.)

Ehe die neuen Maschinen importiert wurden, schickte man Herrn Rudny nach England, nach Newcastle, zum Praktikum. Dort bemerkte Herr Rudny, daß die englische Kontrolleurin sehr viel weniger Ausschuß herausholte als bei ihm daheim im Betrieb und daß die Maschine nie wegen fehlender Ersatzteile stillstand.

Wieder zurück in Lodz, träumte er von genau so einer Maschinenarbeit wie in Newcastle. Leider konnte man sich aber noch so sehr die Beine ausreißen, die nötigen Teile gab es nicht. Die Zahl der Ausschuß-Stücke war weiterhin hoch, und außerdem konnte er mit den jungen Arbeitern nicht klar kommen.

Der Betriebsdirektor sagt, früher sei die Loyalität gegenüber dem Vorgesetzten größer gewesen. Heute bilden sich die Arbeiterkinder – und es ist gut, daß sie sich bilden –, aber zum Arbeiten ist niemand mehr da. Und wenn jemand zur Arbeit kommt, besonders nach dem Technikum, widersetzt er sich bei der kleinsten Gelegenheit, weil er seine Position gut kennt.

Als dann Herr Rudny nach der Operation aus dem Krankenhaus kam (das war der Eingriff im Zustand des akuten Infarkts, als es darum ging, wer schneller war, der Infarkt oder die Ärzte, der liebe Gott oder die Ärzte, der Eingriff, vor dem der Professor versucht hatte, die Klinik zu verlassen und nicht mehr zurückzukehren; aber er kehrte zurück, noch am selben Tag, am späten Nachmittag. Und wenn es auf Genauigkeit ankommt – nicht nur der Professor ging weg. Edelman ging auch weg, obwohl er zuvor auf den Eingriff gedrängt hatte. Er sagte: ›Ich gehe und überlege‹, weil auch er die Bücher kannte, in denen stand, man dürfe solche Eingriffe nicht machen, und kehrte nach einigen Stunden zurück. Damals war es Elżbieta Chętkowska, die sie anschrie: ›Wo seid ihr gewesen? Wißt ihr nicht, daß jede Minute wichtig ist?!‹), als also Herr Rudny nach der Operation, von der in der gesamten Presse zu lesen war, wiederkam, wurde er sofort in eine ruhige Abteilung versetzt. Es wurde extra eine ausgesucht ohne importierte Maschinen und fehlende Ersatzteile und junge, gebildete Arbeiter – man versetzte ihn zum Öl. ›Die Gesundheit und nur die Gesundheit von Herrn Rudny war der Grund der Versetzung‹, betont der Direktor, ›und nicht, wie Herr Rudny irrtümlich meinte, die Tatsache, daß er zum Sicherheitsbeauftragten gegangen ist und gesagt hat, Nowak, der schon zehn Tage krank geschrieben war, sei nicht einfach krank, sondern hätte bei der Arbeit einen Unfall gehabt. Es ist eine sehr schwierige Sache für einen Betrieb, wenn ein Arbeitsunfall mit zehntägiger Verspätung gemeldet wird. Aber wie gesagt, darum geht es überhaupt nicht, und nicht deswegen hat Herr Rudny eine ruhigere Arbeit bekommen.‹

In der neuen Stelle hatte Herr Rudny die Verwaltung des Schmieröls unter sich. Was für eine Arbeit! Die Maschine anschauen, ein Protokoll schreiben – das ist alles. Herr Rudny verstand sehr wohl, daß es ein verantwortungsvolles Gebiet war, denn wenn eine schnellaufende Maschine genügend geschmiert ist, bleibt sie jahrelang in Betrieb – aber den Erfolg dieser Arbeit sieht man eben nicht gleich.

Der Direktor weiß nicht, worauf ich bei meinem Interesse für Herrn Rudnys Gesundheit hinaus will.

Vielleicht bin ich beispielsweise der Ansicht, der Betrieb sei für seine Krankheit verantwortlich? Aber ich bin gar nicht dieser Ansicht. Der Direktor erzählt auch noch, daß nach jedem Besuch in dem kooperierenden Betrieb, wo er um Ersatzteile und besseres Garn betteln muß, sein Zwölffingerdarm-Geschwür wieder auflebt. Und der leitende Mechaniker, Herrn Rudnys direkter Vorgesetzter (Ersatzteile nicht für ein paar Maschinen, sondern für den gesamten Betrieb!), ist schon zweimal kurz vor einem Infarkt ins Krankenhaus transportiert worden – wenn ich will, kann er gleich seinen Blutdruck messen, es ist Quartalsende, und weniger als 180 zu 110 wird es bestimmt nicht sein.

Alle drei, Frau Bubner, der Ingenieur Wilczkowski und Herr Rudny, hatten an jenem Samstag viel Zeit zum Denken. Und sie dachten alle, einen Infarkt wollten sie nie mehr haben.

Man kann beschließen, nie mehr einen Infarkt zu haben. So wie man mit der Wahl einer bestimmten Lebensweise sich auf einen Infarkt einlassen kann.

Also löste Frau Bubner gleich nach ihrer Heimkehr ihre Werkstatt auf. Die gesamten Papiere muß man fünf Jahre lang aufheben, außerdem hat sie noch ihre Kugelschreiber, von jedem ein Muster. Hin und wieder kann sie sie hervorholen, reinigen, betrachten – diese glänzenden Dinger, jeder mit vier Farben, ausgepreist und gebucht. Dann legt sie sie wieder in die Schachtel, stellt sie weg und geht mit langsamen Schritten spazieren.

Herr Rudny dagegen, den man kürzlich wieder in seine alte Abteilung versetzt hat, weil irgendwelche Maschinen eingetroffen sind, diesmal aus der Schweiz, sagte sich: ›Nur mit der Ruhe. Auch wenn irgendein Teil fehlt, muß ich keineswegs das alte Teil in Ordnung bringen oder kopfstehen, um selbst ein neues anzufertigen. Wenn ein Teil fehlt, ist es nur meine Arbeit, eine formgerechte Bestellung aufzugeben, dann ist alles in Ordnung.‹

Und tatsächlich, er schreibt eine Bestellung, und es ist in Ordnung.

Und wenn er manchmal das sich selbst gegebene Wort bricht, dann nur für kurze Zeit. Es genügt, daß er einen Schmerz in der Gegend des Brustbeins spürt, schon geht er zum Arzt und vernimmt: ›Herr Rudny, Sie sollen sich Ihres Lebens freuen und sich keine Sorgen machen wegen Maschinen‹ – und kehrt zurück zum Aufschreiben von Bestellungen.

Dann spürt er keinen Schmerz mehr und kommt

nur privat ins Krankenhaus, zu Besuch, am 5. Juni, dem Jahrestag seiner Operation, und bringt drei Blumensträuße mit. Einen übergibt er dem Professor, den zweiten Dr. Edelman, den dritten aber bringt er Frau Dr. Elżbieta Chętkowska und legt ihn auf ihrem Grab in Radogoszcz nieder.

»Die Aktion war beendet, du lebtest . . .«

»Im Ghetto waren noch sechzigtausend Juden übriggeblieben. Sie wußten nun alle, was ›Umsiedlung‹ bedeutete und daß man nicht mehr warten durfte. Sie beschlossen, eine gemeinsame militärische Organisation für das gesamte Ghetto zu gründen, ein schwieriges Unterfangen, da die einen zu den anderen kein Vertrauen hatten, weder wir zu den Zionisten noch sie zu uns, aber jetzt hatte das selbstverständlich keine Bedeutung mehr. Wir bildeten eine gemeinsame Kampforganisation, die ŻOB.

Wir waren fünfhundert Leute. Doch im Januar lief wieder eine Aktion, und von den fünfhundert blieben achtzig übrig. Bei dieser Aktion im Januar gingen die Menschen zum ersten Mal nicht mehr freiwillig in den Tod. Wir erschossen ein paar Deutsche, auf der Muranowska, der Franciszkańska, der Miła und der Zamenhof-Straße. Es waren die ersten Schüsse im Ghetto, und sie machten auf der arischen Seite großen Eindruck, denn das geschah vor den großen bewaffneten Aktionen der polnischen Widerstandsbewegung. Władysław Szlengel, ein Dichter, der im Ghetto Verse schrieb und den Komplex eines gemütlichen Todes hatte, schaffte es noch, ein Gedicht über diese Schüsse zu schreiben. Es heißt *Gegenangriff*. Paß auf.

. . . Du hörst, deutscher Gott,
wie die Juden in den wilden Häusern beten,
Brechstange oder Knüppel in der Hand.
Wir bitten Dich, Gott, um blutigen Kampf,
wir flehen Dich an um gewaltsamen Tod.
Unsere Augen sollen nicht sehn
vor dem Sterben,
wie die Schienen sich dehnen. Aber
gib unseren Händen Zielsicherheit, Herr . . .
Wie purpurrote, blutige Blüten
von der Niska und der Miła, aus Muranów
erblüht die Flamme unserer Läufe,
unser Frühling, unser Gegenangriff,
der Wein des Kampfes steigt in die Köpfe,
unsere Partisanenwälder –
die Winkel an der Dzika und Ostrowska . . .

Um der Genauigkeit willen sage ich dir noch, daß es an ›Läufen, aus denen die Flamme erblüht‹ im Ghetto damals zehn gab. Wir hatten diese Pistolen von der AL bekommen.

Anielewiczs Gruppe, die zum Umschlagplatz geführt wurde und keine Waffen besaß, schlug mit den bloßen Händen auf die Deutschen ein. Die Gruppe des achtzehnjährigen Druckers Pelc, die auch zum Platz getrieben wurde, weigerte sich, in die Waggons zu steigen, und van Oeppen, der Kommandant von Treblinka, erschoß sie alle an Ort und Stelle, sechzig

Menschen. Der Sender Kościuszko, ich weiß es noch, strahlte damals Appelle aus, die das Volk zum Kampf aufriefen. Eine Frau schrie: ›Zu den Waffen! Zu den Waffen!‹, im Hintergrund Laute, die Waffengerassel nachahmten. Wir überlegten, womit sie da wohl so rasselten, denn was uns anbetraf, so hatten wir damals sechzig Pistolen – von der PPR und der AK.«

»Weißt du, wer da geschrien hat? Rysia Hanin. Sie verlas über den in Kujbyschew stehenden Sender Nachrichten, Gedichte und Appelle. Wie sie sagt, ist es nicht auszuschließen, daß sie euch zu den Waffen gerufen hat. Aber sie haben nicht mit richtigen Waffen gerasselt. Rysia Hanin meint, nichts klinge im Radio so falsch wie authentische Töne.«

»Eines Tages wollte Anielewicz einen weiteren Revolver erbeuten. Er erschoß einen Werkschutzmann, aber noch am Nachmittag desselben Tages kamen die Deutschen und nahmen zur Rache alle Leute von der Zamenhof-Straße bis zur Miła und zum Muranowski-Platz mit, ein paar hundert Menschen. Wir waren wütend auf ihn. Wir wollten ihn sogar ... Aber lassen wir das.

In dem Haus, mit dem sie die Räumung begannen, an der Ecke Miła und Zamenhof-Straße, wohnte mein Schulkamerad Hennoch Rus. (Er war es übrigens, der den Entschluß, eine einheitliche Kampforganisation im Ghetto zu schaffen, herbeiführte. Die Diskussion dauerte stundenlang, es wurde mehrfach abgestimmt, aber ohne Ergebnis, weil jedesmal genauso viel Stimmen dagegen waren wie dafür. Schließlich änderte Hennoch seine Meinung, hob die

Hand, und die Entscheidung, die ŻOB zu gründen, war gefallen.)

Hennoch Rus hatte einen Sohn. Zu Anfang des Krieges erkrankte der Kleine, eine Transfusion war nötig. Ich spendete Blut, aber das Kind starb gleich nach der Transfusion. Vermutlich ein Schock durch das andere Blut, das kommt vor. Hennoch sagte nichts, aber er mied mich von nun an – schließlich hatte mein Blut sein Kind umgebracht. Erst während der Aktion sagte er: ›Durch dich ist mein Sohn zu Hause wie ein Mensch gestorben. Ich bin dir dankbar.‹

Damals sammelten wir Waffen.

Wir schmuggelten sie von der arischen Seite herüber (das Geld dafür trieben wir mit Gewalt von verschiedenen Institutionen und Privatpersonen ein) und gaben auch Zeitungen heraus. Unsere Meldegängerinnen schafften sie in alle Teile Polens.«

»Was habt ihr für einen Revolver bezahlt?«

»Zwischen 3000 und 15 000. Je näher dem April, desto mehr, die Nachfrage auf dem Markt stieg.«

»Und wieviel zahlte man für das Verstecken eines Juden auf der arischen Seite?«

»2000, 5000. Unterschiedlich. Abhängig davon, ob der Mensch wie ein Jude aussah, mit Akzent sprach, ob er ein Mann oder eine Frau war.«

»Für den Preis eines Revolvers konnte man also einen Monat lang einen Menschen verstecken. Oder zwei oder sogar drei Menschen.«

»Für den Preis eines Revolvers konnte man auch einen Juden vom Szmalcownik freikaufen.«

»Wenn man euch damals vor die Wahl gestellt hätte, einen Revolver oder das Leben eines Menschen für einen Monat . . .«

»Diese Wahl gab es nicht. Vielleicht war es besser so.«

»Eure Meldegängerinnen schafften die Zeitungen in alle Teile Polens . . .«

»Ein Mädchen brachte sie nach Petrikau ins Ghetto. Dort saßen unsere Leute in der Gemeindeverwaltung, es herrschte ausnahmsweise Ordnung, keine Betrügereien, gerechte Verteilung von Essen und Arbeit. Aber wir waren damals jung und kompromißlos und meinten, man dürfe nicht in der Gemeindeverwaltung arbeiten, das sei Kollaboration. Wir gaben ihnen den Befehl, von dort zu fliehen, einige kamen nach Warschau. Sie mußten versteckt werden, weil die Deutschen alle Mitglieder des Judenrates von Petrikau suchten. Ich kümmerte mich um die Familie Kellerman. Zwei Tage vor Abschluß der Räumungsaktion, als wir wegen der Nummern vom Umschlagplatz abzogen, sah ich Kellerman. Er stand hinter der Tür des Krankenhauses – die Tür hatte früher Scheiben gehabt, die Löcher waren nun mit Brettern verschalt –, ich sah sein Gesicht im Türspalt. Mit der Hand gab ich ihm ein Zeichen, daß ich ihn gesehen hätte und ihn holen würde. Dann wurden wir weggetrieben. Ein paar Stunden später kam ich zurück, aber hinter der Tür stand niemand mehr.

Weißt du, ich habe soviel Leute auf den Platz gehen sehen, vorher und nachher, aber nur bei zweien möchte ich mich gern entschuldigen, weil ich sie betreut und ihnen gesagt hatte, ich würde sie holen. Sie haben bis zum letzten Augenblick auf mich gewartet, aber ich kam zu spät.«

»Was war mit der Meldegängerin, die die Zeitungen nach Petrikau ins Ghetto schaffte?«

»Nichts. Auf dem Rückweg haben die Ukrainer sie mal geschnappt, aber unsere Leute steckten ihnen Geld zu, die Ukrainer stellten sie vor ein offenes Grab, schossen mit Platzpatronen, sie tat, als fiele sie tot hin und schaffte dann weiter die Zeitungen nach Petrikau.

Wir haben diese kleinen Zeitungen auf einem Vervielfältigungsapparat abgezogen. Das Gerät stand in der Wałowa. Eines Tages mußte es abtransportiert werden, doch begegneten wir unterwegs einigen jüdischen Polizisten. Wir haben die Maschine auf dem Rücken, und sie umzingeln uns und wollen uns auf den Umschlagplatz bringen. Ihr Anführer war ein Rechtsanwalt namens Maślanko, der sich bis dahin einwandfrei benommen, niemanden geschlagen und weggesehen hatte, wenn jemand floh. Nachdem wir ihnen entwischt waren, sage ich zu den anderen: ›Seht mal, was für ein Schwein‹, die aber: ›Sicher ist er innerlich zerbrochen und denkt, es ist aus mit uns und mit ihm‹. Dasselbe sagte mir Maślanko, als wir zu dritt in die Bundesrepublik Deutschland fuhren, um als Zeugen auszusagen. Nach dem Kriege hatte ich mit ihm kein Wort mehr gewechselt, doch Maślanko sagte (wir hatten im Zuge ein bißchen getrunken): ›Was hat es für einen Sinn, noch daran zu denken?‹

In der Tat. Was hat es für einen Sinn, daran zu denken?

Ein paar Tage nach der Erschießung des Werkschutzmannes und dem Massaker gingen wir, Antek, Anielewicz und ich, über die Straße und sahen Leute auf dem Muranowski-Platz. Es war warm, die Sonne schien, die Leute waren aus den Kellern an die frische Luft gekommen. ›O Gott‹, sagte ich, ›wie konnten sie das tun? Wozu laufen sie da herum?‹ Antek aber meinte über mich: ›Wie er sie haßt. Er möchte, daß sie im Dunklen hocken.‹ Ich hatte mich daran gewöhnt, daß die Menschen nur bei Nacht herauskommen durften. Wenn sie es bei Tage taten, wenn man sie sah, war klar, daß sie gleich umgebracht würden.

Antek, das weiß ich noch, sagte als erster bei einer Sitzung der Kommandantur, die Deutschen würden das Ghetto anzünden. Als wir noch überlegten, was zu tun sei, wie wir sterben wollten – gegen die Mauer anrennen, uns an der Zitadelle erschießen lassen oder das Ghetto anzünden und mit ihm verbrennen –, sagte Antek: ›Und wenn sie selbst uns anzünden?‹ Wir antworteten: ›Red' keinen Unsinn, sie werden doch nicht die Stadt anstecken.‹ Und am zweiten Tag des Aufstands haben sie es tatsächlich getan. Wir waren im Bunker, da kam jemand mit entseztlichem Geschrei angerannt: ›Es brennt‹. Eine Panik brach aus. ›Ende. Es ist aus mit uns.‹ Ich mußte dem Kerl in die Schnauze hauen, damit er sich beruhigte.

Wir gingen hinaus auf den Hof. Sie hatten uns von allen Seiten her angezündet, aber das Zentralghetto brannte zum Glück noch nicht, nur unser Terrain, die

Bürstenfabrik. Darum sagte ich, wir müßten uns durch das Feuer durchschlagen. Ania, die Freundin von Adam, die aus dem Pawiak herausgekommen war, sagte, sie komme nicht mit, sie müsse bei ihrer Mutter bleiben. Wir ließen sie zurück und rannten über den Hof. Wir kamen bis zur Mauer an der Franciszkańska, in der Mauer war eine Bresche, doch ein Scheinwerfer beleuchtete sie. Die Leute wurden hysterisch, sie wollten nicht gehen, in diesem Licht würden alle abgeschossen. Ich sage ihnen: ›Wenn ihr nicht wollt, dann bleibt hier‹, sie blieben, ich glaube sechs. Zygmunt aber schoß mit dem einzigen Karabiner, den wir hatten, auf den Scheinwerfer. Es gelang uns, schnell hinüberzuspringen. (Das war derselbe Zygmunt, der gesagt hatte, ich würde überleben, aber er nicht, ich solle seine Tochter in Zamość suchen.)

Gefällt dir die Geschichte mit dem Scheinwerfer? Ich weiß, das sieht schon besser aus als der Tod im Keller. Man zeigt mehr Würde, wenn man rüberspringt, als wenn man im Keller erstickt, nicht wahr?«

»Stimmt.«

»In dieser Art kann ich dir noch etwas erzählen. Vor dem Aufstand, als die Aktion im kleinen Ghetto anfing, sagte mir jemand, sie hätten Abrasza Blum mitgenommen. Das war ein ungewöhnlich kluger Mensch, unser Anführer noch aus der Vorkriegszeit. Ich wollte also nachsehen, was mit ihm geschah.

Auf der Ciepła sah ich die Leute in Viererreihen stehen und zu beiden Seiten, alle fünf bis zehn Reihen, die Ukrainer. Die Straße war durch einen Kordon abgeschlossen. Ich mußte tiefer hineingehen, um Blum zu finden, aber hinter den Rücken der Ukrainer durfte man nicht vorbei und dort, wo die Menge stand, auch nicht, dort hätten sie mich aufgreifen können. Folglich ging ich zwischen den Ukrainern und der Menge durch, so daß alle mich sahen. Ich ging mit schnellen, energischen Schritten, als hätte ich das Recht, dort vorbei zu gehen. Und wirklich, niemand hat mich angehalten.«

»Ich habe den Eindruck, du magst solche Geschichten sehr – die schnellen, energischen Schritte, das Schießen auf den Scheinwerfer. Dir ist so etwas lieber, als über die Keller zu erzählen.«

»Nein.«

»Ich glaube doch.«

»Ich habe dir die Geschichte mit den Ukrainern aus einem ganz anderen Grund erzählt. Als ich abends nach Hause kam, begegnete ich auf der Treppe Stasia, die lange, dicke Zöpfe hatte. Sie weinte. ›Warum weinst du?‹, fragte ich sie. ›Weil ich dachte, sie hätten dich mitgenommen.‹

Nun ja, das ist alles.

Jeder war mit seinen eigenen, wichtigen Dingen beschäftigt, Stasia aber hatte den ganzen Tag auf meine Rückkehr gewartet.«

»Bei dem Scheinwerfer haben wir den Faden verloren. Allerdings, ich bin nicht sicher, ob es überhaupt einen Faden gibt.«

»Ist das schlecht?«

»Warum? Nein. Wir sind doch keine Geschichtsschreiber. Wir sind Erinnerungsschreiber. Aber noch mal zu dem Scheinwerfer. Zygmunt schoß ihn aus, ihr lieft schnell rüber. Warte mal, und was ist mit Zygmunts Kind, das in Zamość im Kloster geblieben war?«

»Elżunia? Ich habe sie gleich nach dem Kriege gefunden.«

»Wo ist sie jetzt?«

»Es gibt sie nicht mehr. Sie fuhr nach Amerika. Irgendwelche reichen Leute adoptierten sie und liebten sie sehr. Elżunia war schön und klug. Und später beging sie Selbstmord.«

»Warum?«

»Weiß ich nicht. Als ich in Amerika war, ging ich zu ihren Stiefeltern. Sie zeigten mir ihr Zimmer. Seit ihrem Tode hatten sie dort nichts verändert. Aber ich weiß weiterhin nicht, warum sie das getan hat.«

»Alle Geschichten über Menschen, die du erzählst – fast alle – enden mit dem Tod.«

»So? Weil es Geschichten von damals sind. Die von meinen Patienten enden doch mit dem Leben.«

»Zygmunt, Elżunias Vater, schoß den Scheinwerfer aus . . .«

» . . . wir sprangen über die Mauer und liefen ins Zentralghetto auf die Franciszkańska, und dort auf dem Hof standen Blum (den sie bei der Aktion doch nicht weggeschafft hatten) und Gepner. Das ist der, aus dessen Koffer ich den roten Pullover genommen hatte. Echte, flauschige Wolle, ein schöner Pullover.«

»Ich weiß. Tosia hat dir kürzlich genauso einen aus Australien geschickt. Über Gepner habe ich ein Gedicht gelesen: Das Lied vom Eisenkaufmann Abram

Gepner. Da heißt es unter anderem, seine Freunde von der arischen Seite hätten ihn gebeten, er solle herauskommen, aber er hätte abgelehnt und wäre bis zum Schluß im Ghetto geblieben. Hast du bemerkt, wie oft sich in den Erzählungen über das Ghetto dieses Motiv wiederholt: die Chance herauszukommen und der Entschluß zu bleiben? Korczak, Gepner, ihr . . . Vielleicht deshalb, weil die bewußte Wahl zwischen Leben und Tod die letzte Chance zur Wahrung der eigenen Würde ist.«

»Blum sagte uns (auf diesem Hof an der Franciszkańska), eine Gruppe der AK hätte an der Bonifraterska die Mauer angegriffen, aber es sei ihr nicht gelungen, Anielewicz sei ganz gebrochen, es gäbe keine Waffen, wir könnten nicht mehr auf Hilfe rechnen. Ich sage: ›Na gut, gut, nur sollten wir hier nicht so stehen.‹ Und sie: ›Wohin sollen wir denn gehen?‹ Wir waren etwa dreißig, und Gepner und Blum und alle warteten auf Befehle. Ich selbst hatte keine Ahnung, wohin wir gehen sollten.

Zunächst einmal stiegen wir in die Keller hinunter, abends sagt Adam, er will zurück, um Ania zu holen. Er bittet mich, ihm die Abteilung zu geben. Ich frage, wer mitgehen will, zwei oder drei melden sich. Sie gehen und erzählen später, der Keller mit Ania und ihrer Mutter sei schon zugeschüttet gewesen und die sechs, die nicht mit uns hatten gehen wollen, lebten auch nicht mehr.

Vielleicht willst du fragen, ob ich Schuldgefühle habe, weil ich sie zurückließ?«

»Nein.«

»Ich habe keine. Aber es ist mir die ganze Zeit peinlich.

Am nächsten Tag traf ich sie alle, Anielewicz, Celina, *Jurek* Wilner. Wir gingen in ihren Bunker. Die Mädchen, diese beiden Dirnen, machten uns was zu essen, und Guta gab uns Zigaretten. Es war ein ruhiger, guter Tag.

Meinst du, so etwas könnte man den Leuten erzählen?«

»Ich weiß nicht, woran du denkst.«

»An die Männer, die ich auf dem Hof zurückgelassen habe.

Soll ein Arzt den Leuten so etwas erzählen? In der Medizin zählt doch jedes Leben, jede noch so geringe Chance, ein Leben zu retten.«

»Könnten wir nicht von einem Scheinwerfer sprechen, einem Sprung über die Mauer oder so etwas?«

»Es kommt doch immer abwechselnd. Man läuft, dann fällt jemand, dann läuft man wieder, dann reckt Adam den Kopf aus dem Keller, eine Handgranate rollt die Mauer entlang, ich schreie: ›Adam, eine Granate!‹, und die Granate explodiert auf seinem Kopf. Dann springe ich aus dem Keller, auf dem Hof stehen Deutsche, aber ich habe zwei Revolver, du weißt ja, an den beiden Riemen über Kreuz, ich schieße . . .«

»Triffst du mit beiden?«

»Ach was, mit keinem, aber ich schaffe es bis zum Haus, die hinter mir her, ich rase also auf das Dach – solche Geschichten sind gut?«

»Erstklassig.«

»Hältst du es für besser, über die Dächer zu laufen, als im Keller zu sitzen?«

»Ich habe es lieber, wenn du über die Dächer läufst.«

»Damals sah ich keinen Unterschied. Aber später, im Warschauer Aufstand, sah ich ihn, als alles bei Tage vor sich ging, im Sonnenlicht, unter freiem Himmel und ohne die Mauer. Dort konnten wir vordringen, uns zurückziehen, laufen. Die Deutschen schossen, aber auch ich schoß, ich hatte meinen Karabiner, ich hatte die weiß-rote Armbinde, neben mir waren viele Menschen – ja, wie herrlich, wie komfortabel war dieser Kampf!«

»Können wir nochmal auf das Dach zurückkommen?«

»Ich lief über das Dach in das nächste Gebäude. Alles in dem roten Pullover, und so ein roter Pullover gibt ein prächtiges Ziel ab, nur, gegen die Sonne trifft man schlecht. In dem nächsten Gebäude lag im fünften Stock ein Junge auf einem Sack voll Zwiebäcken. Ich hielt bei ihm an, er gab mir einen Zwieback, dann noch einen, aber mehr wollte er nicht hergeben. Es war Mittag, gegen sechs Uhr starb der Junge, und ich hatte einen ganzen Sack Zwieback für mich. Nur springt es sich leider schlecht mit einem Sack, und ich mußte wieder springen. Als ich auf den Hof hinauskam, lagen dort unsere fünf toten Kameraden. Einer von ihnen hieß Stasiek. Am Morgen dieses Tages hatte er mich um eine Adresse auf der arischen Seite gebeten, aber ich hatte ihm gesagt: ›Es ist noch nicht Zeit, es ist noch zu früh‹, weil ich keine Adresse drüben hatte. Er darauf: ›Es ist doch schon das Ende, gib mir die Adresse, ich bitte dich.‹ Und ich hatte keine Adresse. Gleich darauf sprang er auf den Hof, und jetzt fand ich ihn.

Die Männer mußten beerdigt werden.

Wir gruben ein Grab (auf dem Hof Franciszkańska 30). Es ist eine fürchterliche Arbeit, ein Grab für fünf Menschen zu graben. Wir beerdigten sie, und da es der 1. Mai war, sangen wir leise die erste Strophe der Internationale über ihrem Grab. Glaubst du mir das? Man mußte ja wirklich völlig verdreht sein, um auf einem Hof an der Franciszkańska zu singen.

Dann erbeuteten wir Zucker und tranken Zuckerwasser. Ich hatte in der Abteilung ein paar Meuterer, die meinten, ich täte ihnen Unrecht und gäbe ihnen zu wenig Waffen, darum veranstalteten sie einen Hungerstreik und lehnten das Zuckerwasser ab.

Weißt du, was besonders schlimm war? Daß auf meine Befehle immer weniger Leute warteten.«

»Wie ging der Streik zu Ende? (Ein Hungerstreik im Ghetto, o Gott!)«

»Normal. Sie wurden zum Wassertrinken gezwungen. Weißt du nicht, wie man Leute im Kriege zwingt?

Immer weniger Leute also, die älter und erfahrener waren als ich, fragten mich, was sie tun sollten. Ich wußte es selbst nicht und fühlte mich völlig einsam.

Den ganzen Tag, als ich neben dem sterbenden Jungen auf den Zwiebäcken lag, ging mir nur das im Kopf herum.

Am 6. Mai kamen Anielewicz und Mira zu uns. Wir

wollten uns beraten, aber eigentlich gab es nichts mehr zu reden. Folglich legte er sich schlafen, ich legte mich schlafen, am nächsten Morgen sagte ich: ›Bleibt, wozu wollt ihr zurück‹, aber er wollte gehen. Wir brachten sie ein Stück. Tags darauf, am 8., gingen wir zu ihrem Bunker Miła 18, es war schon Nacht. Wir rufen, niemand antwortet, schließlich sagt ein Junge: ›Die sind nicht da. Sie haben Selbstmord begangen.‹ Übriggeblieben waren ein paar Leute und die beiden Mädchen, die Prostituierten. Wir nahmen sie mit, und als wir zurück waren, stellte sich heraus, daß Kazik von der arischen Seite mit den Kanalarbeitern gekommen war und wir ausbrechen würden. (Die beiden Mädchen fragten, ob sie mit dürften. Ich sagte nein.) Die Führer durch die Kanäle hatte uns Jóźwiak gegeben, der *Witold* von der PPR, sie brachten uns zum Ausgang auf der Prosta. Dort warteten wir eine Nacht, einen Tag, noch eine Nacht, am 10. öffnete sich der Deckel. Ein Auto stand schon bereit mit unseren Leuten und Krzaczek von *Witold*, rundum eine Menge. Die Leute starrten uns entsetzt an, wir waren schwarz, schmutzig, bewaffnet, absolutes Schweigen herrschte, wir stiegen hinauf in das blendende Mailicht.«

Andrzej Wajda möchte einen Film über das Ghetto drehen. Er sagt, er wolle die Archivfotos benutzen, und Edelman soll vor der Kamera alles erzählen, immer an den Stellen, wo das geschehen ist.

Zum Beispiel an dem Bunker Miła 18 (an diesem Tage lag dort Schnee, die Jungen rodelten den kleinen Hügel hinunter).

Oder am Eingang zum Umschlagplatz, am Tor.

Das Tor gibt es übrigens nicht mehr, die alte Mauer ist umgestürzt, als die Siedlung Inflancka gebaut wurde. Jetzt stehen dort große, graue Wohnblocks, genau entlang der Bahnrampe. In einem davon wohnt meine Freundin Anna Strońska. Ich erzähle ihr, daß unter ihren Fenstern auf der Küchenseite die letzten Waggons des Zuges standen, und dort bei den Pappeln die Lokomotive. Anna Strońska, die herzkrank ist, wird blaß.

»Hör mal«, sagt sie, »ich war aber immer gut zu ihnen, sie werden mir nichts tun, nicht wahr?«

»Natürlich nicht«, sage ich, »sie werden noch über dich wachen, paß auf.«

»Meinst du?« fragt Anna Strońska und entspannt sich ein bißchen.

Also, beim Aufräumen des Siedlungsgeländes stürzte die alte Mauer um, und man hat an derselben Stelle ein Stück neue Mauer aus weißen, gesunden Ziegeln errichtet, eine Gedenktafel und Lichthalter angebracht, grüne Blumenkästen aufgehängt, rundum Gras eingesät. Alles ist ordentlich, sauber und neu, und zu Allerseelen und Jom Kippur brennen Kerzen in den Lichthaltern.

Oder – das Denkmal.

Am 19. April, am Jahrestag, kämen wie üblich die Autobusse von ›Orbis‹ mit den ausländischen Besuchern, Damen in Frühjahrskostümen und Herren mit Fotoapparaten würden aussteigen. Auf den Bänken rund um den Platz säßen alte Frauen mit Kinderwagen, sie sähen sich die Autobusse und die zur

Kranzniederlegung eingetroffenen Delegationen der Betriebe an. »In unserem Keller«, würde eine der Frauen sagen, »saß eine unter den Kohlen, und man mußte ihr das Essen durch das Fenster von der Straße aus reichen.« (Es könnte übrigens passieren, daß die, der man damals das Essen reichte, jetzt, vom Autobus hergebracht, im Frühjahrskostüm dabeistünde.) Dann würden Trommelwirbel erklingen, die Delegationen mit den Kränzen würden vortreten, nach den Delegationen Privatleute mit kleinen Blumensträußen oder einer einzelnen Jonquille in der Hand, und wenn alles vorüber wäre, nach den Trommelwirbeln und den Blumen, träte plötzlich ein alter Mann mit grauem Bart aus der Menge und spräche das Kaddisch. Er stünde zu Füßen des Denkmals unter dem ewigen Feuer und sänge mit brüchiger Stimme das Gebet, die Klage um die Toten. Um sechs Millionen Tote. Ein einsamer, alter Mann mit Bart, im langen, schwarzen Mantel.

Die Menge würde durcheinander wogen. »Marek«, würde eine Stimme rufen, »wie geht es dir!« – »Marysia, wie jung du immer aussiehst«, würde er voller Freude antworten, denn das wäre Marysia Sawicka, die vor dem Krieg im Sportklub ›Skra‹ achthundert Meter lief, zusammen mit Michał Klepfiszs Schwester, und die dann diese Schwester und die Frau und das Kind von Michał bei sich versteckt hielt.

Frau und Tochter überlebten, und Michał, der auf der Bonifraterska zurückblieb, auf dem Dachboden, wo er die Deckung gegen das Maschinengewehr übernahm, damit die anderen hinübergelangten, hat auf dem jüdischen Friedhof ein symbolisches Grab mit der Inschrift

Ing. Michał Klepfisz
17.IV.1913 – 20.IV.1943

Das wäre die nächste Stelle zum Filmen.

Nebenan sind die Gräber von Jurek Błones, seiner zwanzigjährigen Schwester Guta und seinem zwölfjährigen Bruders Lusiek sowie das von Fajgełe Goldsztajn (Wer war das? er kann sich an ihr Gesicht nicht mehr erinnern) und Zygmunt Frydrych, Elżunias Vater, der am ersten Tag zu ihm gesagt hatte: »Du wirst überleben, vergiß also nicht, in Zamość im Kloster . . .«

Das ist nun kein symbolisches Grab mehr.

Nach dem Ausstieg aus der Kanalisation fuhren sie nach Zielonka, wo ein Versteck für sie vorbereitet war, aber zehn Minuten später kamen die Deutschen. Sie wurden in Zielonka am Zaun begraben, deshalb waren die Leichen nach dem Krieg leicht zu finden.

Andere, die etwa fünfzig Meter weiter in der Allee liegen, wurden nach dem Kriege vom Bugufer hergebracht. Sie sollten sich nach Verlassen der Kanalisation nach Osten wenden, den Fluß überqueren und zu den Partisanen stoßen, wurden aber beschossen, als sie mitten auf dem Fluß waren. (Die Kanalisation hatten sie auf der Prosta verlassen. Der Deckel öffnete sich plötzlich, und Krzaczek rief von oben: »Rauskommen«, doch acht Leute fehlten. Edelman hatte ihnen befohlen, in einen breiteren Kanal zu gehen, weil sie, die ja eine Nacht, einen Tag und noch eine Nacht unter dem geschlossenen Kanaldeckel warten mußten, von dem Wasser mit den Fäkalien und dem Methangas Atemnot bekamen und fast gestorben wären. Jetzt befahl Edelman, sie zurückzuholen, aber niemand ging hin – niemand wollte den Ausstieg verlassen, weil der Deckel schon offen war, weil Luft und Licht und die Stimmen der Menschen hereindrangen, die auf sie warteten. Da befahl Edelman Szlamek Szuster hinzulaufen und sie zu holen, und Szlamek lief. Oben kommandierten Krzaczek und Kazik. Sie riefen, der Wagen solle abfahren, es komme noch ein zweiter, und obwohl Celina den Revolver zog und schrie: »Warten oder ich schieße«, fuhr der Lastwagen ab. Den Ausstieg aus der Kanalisation hatte Kazik organisiert. Er war damals neunzehn Jahre alt, und was er machte, war außergewöhnlich. Heute aber ruft er manchmal aus einer 3000 km weit entfernten Stadt an und sagt, er sei an allem schuld, weil er Krzaczek nicht zum Warten gezwungen habe. Worauf Edelman antwortet, so sei das nicht, Kazik habe sich großartig verhalten, nur er selbst sei verantwortlich, weil er den anderen befohlen habe, vom Ausstieg fortzugehen. Dann wieder Kazik aus der 3000 km entfernt liegenden Stadt: »Gib Ruhe, schuld sind die Deutschen«, und nach einer Weile: »Wie kommt es, daß seit damals niemand mich nach den Überlebenden fragt? Immer fragen sie nur nach den Toten.« Der Ausstieg auf der Prosta, heute in der Siedlung Za Żelazną Bramą gelegen, würde sich natürlich auch zum Filmen eignen.)

Ganz hinten in der Allee, wo die Gräber zu Ende gehen und eine Art Feld beginnt – es dehnt sich flach und mit hohem Gras bewachsen in Richtung Powązkowska bis zur Mauer –, gibt es keine Inschriften mehr. Hier hat man alle begraben, die noch vor der Räumung des Ghettos gestorben waren – vor Hunger, vor Erschöpfung, am Typhus, auf der Straße und in verlassenen Wohnungen. Jeden Morgen zogen die Angestellten der Genossenschaft ›Wieczność‹ mit ihren Handkarren los, sammelten auf den Straßen die Leichen ein, schichteten sie übereinander auf die Karren, überquerten die Fahrbahn der Okopowa, fuhren hinaus auf den Friedhof, der schon auf der arischen Seite lag, und gingen durch diese Allee zur Mauer.

Erst beerdigte man an der Mauer, dann, je mehr Leichen eintrafen, immer tiefer in den Friedhof hinein, bis ein ganzes Feld belegt war.

Über den Gräbern von Michał Klepfisz, Abrasza Blum und denen aus Zielonka steht ein Denkmal. Ein aufgerichteter Mann, den Karabiner in der einen, die Handgranate in der anderen, erhobenen Hand, am Gürtel die Patronentasche, an der Seite eine Kartentasche, quer über die Brust ein Riemen. Niemand von ihnen hatte so ausgesehen, sie besaßen weder Karabiner noch Patronen- und Kartentaschen, außerdem waren sie schwarz und schmutzig, aber das Denkmal ist so, wie es hätte sein sollen. Das Denkmal ist hell und schön.

Neben Abrasza Blum liegt seine Frau Luba, die die Schwesternschule im Ghetto leitete. Für ihre Schule bekam Luba Blum fünf Lebensnummern, sie hatte aber sechzig Schülerinnen, darum sagte sie: »Wer die besten Noten in Krankenpflege hat, bekommt sie«, und stellte die Frage: »Wie sieht die pflegerische Versorgung in den ersten Tagen nach einem Herzinfarkt aus?« Wer die besten Antworten gab, bekam eine Nummer.

Nach dem Kriege leitete Luba Blum ein Kinderheim. In dieses Heim wurden Kinder gebracht, die man in Schränken, Klöstern, Kohlenkisten und Familiengrabstellen auf Friedhöfen gefunden hatte, die man am ganzen Körper rasierte und in UNRRA-Klamotten kleidete, denen man das Klavierspielen beibrachte und das Schmatzen abgewöhnte. Eines der Mädchen war geboren, nachdem Deutsche ihre Mutter vergewaltigt hatten, darum nannten die Kinder sie ›Schwäbin‹. Eine andere war völlig kahl, weil ihr vor Vitaminmangel die Haare ausgegangen waren. Eine dritte, die sich auf dem Land versteckt hatte, mußte von der Erzieherin mehrfach ermahnt werden, niemandem zu erzählen, was die Jungen mit ihr auf dem Dachboden gemacht hatten, weil wohlerzogene Mädchen von solchen Dingen in Gesellschaft nicht reden.

Luba Blum, die im Ghetto aufpaßte, daß die Krankenpflege-Schülerinnen saubere Häubchen und gestärkte Schürzen trugen, und im Kinderheim dazu ermahnte, den Herren, die fragten, wie denn ihr Vater umgekommen sei, höflich und in ganzen Sätzen zu antworten, weil diese Herren nach Amerika zurückfahren und dann Pakete schicken werden, viele Pakete mit Kleidern und Halwa, diese Luba Blum liegt

an der geordneten Hauptallee. Wenn man von ihr abbiegt – Zweiggewirr, umgestürzte Säulen, zugewachsene Gräber, Tafeln: 18 . . ., 19 . . ., Bürger von Praga, Doktor der Rechte, in trostlosem Leid . . . Spuren einer Welt, die offenbar einst wirklich existiert hat.
In einer Seitenallee:

Ingenieur Adam Czerniaków
Präses des Warschauer Ghettos
gestorben 23. Juli 1942

Und ein Gedichtfragment von Norwid, das mit den Worten schließt:

. . . Was macht es schon, wo du wirst Ruhe finden,
man wird dein Grab ja doch noch einmal öffnen
Und deine Taten anders dann verkünden . . .

(»Nur eines werfen wir ihm vor, daß er seinen Tod zur eigenen, privaten Angelegenheit gemacht hat.«)

Eine Beerdigung. Sie kommt die geordnete, viel benutzte Allee entlang, viele Menschen, Kränze, Schleifen, vom Seniorenklub, vom Betriebsrat. Ein älterer Herr tritt auf jeden Anwesenden zu und fragt in diskretem Flüsterton: »Entschuldigen Sie, sind Sie vielleicht Jude?« und geht weiter. »Entschuldigen Sie, sind Sie . . .« Er braucht zehn Juden, um über dem Sarg das Kaddisch zu sprechen, und hat nur sieben zusammen.

»In dieser Menge?«

»Sie sehen ja selbst, ich frage jeden, und immer noch sind es sieben.«

Er hält mir die Finger hin, sieben auf dem ganzen Friedhof, man kann nicht einmal das Kaddisch sprechen.

Die Juden sind auf dem Umschlagplatz, in Anna Strońskas Wohnung, an der Rampe.

Bärtig, in Kaftan und Käppchen, manche in Mützen mit Fuchspelzbesatz, zwei sogar in runden Schildmützen. Mengen, wortwörtlich Mengen von Juden – in Regalen, auf Tischchen, über Couchen, an den Wänden. Meine Freundin Anna Strońska sammelt Volkskunst, und die Künstler aus dem Volk geben gern ihre Vorkriegsnachbarn wieder.

Anna Strońska holt ihre Juden von überall, aus ganz Polen, aus Przemyśl, wo sie am billigsten einkauft und die schönsten Dinge bekommt, weil ihr Vater dort vor dem Kriege Starost war, aus der Gegend von Kielce, aber die wertvollsten Stücke kommen aus Krakau. Am zweiten Ostertag findet vor der Norbertinerinnenkirche auf dem Salvatorhügel ein Ablaß statt, und nur dort kann man noch Juden in schwarzem Kaftan und weißem Atlas-Tallis, mit den Tefillin um den Kopf antreffen – alles sorgsam und vorschriftsmäßig genäht, so wie es sich gehört.

Sie stehen in Gruppen zusammen.

Die einen unterhalten sich lebhaft und gestikulieren, nebenan liest einer die Zeitung, aber die da drüben reden offenbar laut, er blickt über die Zeitung hinweg und hört zu. Einige beten. Zwei im rötlichen Kaftan lachen sich über irgend etwas schief. Ein älterer Herr mit Stock und Köfferchen geht vorbei. Ein Arzt?

Alle sind intensiv mit etwas beschäftigt.

Denn das sind JENE Juden, aus der Zeit vorher. Ich bringe also Edelman zu Frau Strońska, damit er sich jene normalen Juden anschauen kann, und als wir gehen wollen, sagt Frau Strońska, ihre Nachbarin ein paar Häuser weiter auf der Miła hätte ihr einen seltsamen Traum erzählt.

Der Traum der Nachbarin ist immer wieder derselbe seit dem Tage, da sie die neue Wohnung bezogen hat. Eigentlich weiß sie nicht recht, ob es ein Traum ist, denn sie träumt, sie schlafe nicht, sondern liege in ihrem Zimmer, das gar nicht ihr Zimmer ist. Es stehen alte Möbel und ein großer Kachelofen darin, in der Seitenwand ist ein Fenster. Weil sie jede Nacht in diesem Zimmer ist, hat sie sich an die Möbel schon gewöhnt und nimmt die Kleinigkeiten wahr, die in den Sesseln und auf der Kredenz zurückgeblieben sind. Manchmal kommt es ihr vor, als wäre jemand hinter der Zimmertür. Der Eindruck dieser Anwesenheit ist so stark, daß sie das Bett verläßt und feststellt, ob nicht ein Dieb sich eingeschlichen hat, aber niemand ist da.

Eines Nachts sieht sie sich wieder in diesem – nicht ihrem – Zimmer. Alles ist an seinem Platz, der Ofen, die Nippesfiguren auf der Kredenz – plötzlich öffnet sich die Tür, und ein junges Mädchen, eine Jüdin, betritt das Zimmer.

Sie nähert sich dem Bett.

Sie bleibt stehen.

Beide betrachten einander aufmerksam. Keine sagt etwas, aber man weiß genau, was sie sagen wollen.

Das Mädchen schaut: »Aha, Sie sind also hier«, und die andere fängt an, sich zu rechtfertigen, das Haus sei neu, man habe sie in diese Wohnung eingewiesen. Das Mädchen macht eine beschwichtigende Handbewegung, in Ordnung, sie habe einfach nur nachschauen wollen, wer jetzt hier lebe, nur aus gewöhnlicher Neugier. Dann tritt sie an das Fenster, öffnet es und springt aus dem vierten Stock auf die Straße.

Seit diesem Tag hat der Traum sich nicht mehr wiederholt, und das Gefühl, jemand sei in der Wohnung, ist verschwunden.

An solchen und vielen anderen Stellen könnte Wajda seinen Film drehen, aber Edelman behauptet, er werde vor der Kamera nichts sagen, denn das alles hätte er nur ein einziges Mal sagen können.

Und er hat es schon gesagt.

»Warum bist du Arzt geworden?«

»Weil ich weiter tun mußte, was ich damals getan habe. Was ich im Ghetto getan habe. Im Ghetto haben wir für vierzigtausend Menschen – so viele waren es im April 1943 – die Entscheidung gefällt. Wir beschlossen, daß sie nicht freiwillig in den Tod gehen würden. Als Arzt konnte ich die Verantwortung über das Leben mindestens eines Menschen übernehmen, darum bin ich Arzt geworden.

Du möchtest doch, daß ich so antworte, nicht wahr? Das klänge doch gut? Aber so war es gar nicht. Es war so: Der Krieg ging zu Ende, für alle ein gewonnener Krieg. Aber für mich war es ein verlorener Krieg, immer dachte ich, ich müßte noch mehr tun, irgendwo hingehen, jemanden retten, der auf mich wartete. Es trieb mich von Stadt zu Stadt und Land zu Land, aber sobald ich dort eintraf, stellte sich heraus, daß niemand auf mich wartete, niemand Hilfe benötigte und es überhaupt nichts zu tun gab. Deshalb kehrte ich zurück (man sagte zu mir: ›Und du willst immer noch diese Mauern sehen, dieses Pflaster, diese leeren Straßen?‹ Doch wußte ich, ich mußte hier sein, um das zu sehen), ich kehrte also zurück, legte mich ins Bett und blieb liegen. Ich schlief. Ich verschlief Tage und Wochen. Von Zeit zu Zeit weckte man mich und sagte, ich müsse doch etwas tun. Die Volkswirtschaft kam mir in den Sinn, ich weiß nicht mehr warum. Schließlich immatrikulierte Ala mich für Medizin. So fing ich an, Medizin zu studieren.

Ala war damals schon meine Frau. Ich hatte sie kennen gelernt, als sie uns mit einer von Dr. Świtala organisierten AK-Patrouille aus dem Bunker in Żoliborz holte. Wir waren dort, an der Promyk-Straße, nach dem Warschauer Aufstand zurückgeblieben, u. a. Antek, Celina, Tosia Goliborska, ich, und im November schickten sie diese Patrouille, um uns zu holen. (Die Promyk-Straße liegt dicht an der Weichsel, dort war damals die Frontlinie, alles vermint, Ala zog ihre Schuhe aus und überquerte das Minenfeld barfuß, weil sie glaubte, wenn sie barfuß auf die Minen träte, würden sie nicht explodieren.)

Ala immatrikulierte mich für Medizin. Ich ging zwar dorthin, aber es interessierte mich ganz und gar nicht, und wenn ich heimkam, legte ich mich wieder ins Bett. Alle lernten fleißig, und da ich mit dem Gesicht zur Wand lag, zeichneten sie mir alles Mögliche auf diese Wand, damit ich es behielte, mal den Magen, mal das Herz, sehr sorgfältig übrigens, mit den Kammern, den Vorhöfen, der Aorta . . .

Das dauerte an die zwei Jahre. In dieser Zeit setzte man mich ab und zu in irgendein Präsidium.«

»Hattest du schon den Status eines Helden?«

»So ähnlich. Oder es hieß: ›Sagen Sie mal, erzählen Sie uns doch, wie das war.‹ Aber ich war reichlich zurückhaltend und wirkte ziemlich schwach in diesen Präsidien.

Weißt du, woran ich mich aus jener Zeit am besten erinnere?

An Mikołajs Tod. Mikołaj, der als Vertreter unserer Untergrundbewegung Mitglied der ›Żegota‹ war.

Mikołaj wurde krank und starb.

Er starb, verstehst du? Ganz gewöhnlich, im Krankenhaus, im Bett! Der erste unter meinen Bekannten, der starb und nicht getötet wurde. Einen Tag zuvor besuchte ich ihn im Krankenhaus, und er sagte: ›Herr Edelman, wenn mir was passieren sollte, hier unter dem Kopfkissen habe ich ein Heft, da ist alles abgerechnet, Groschen für Groschen. Sie könnten irgendwann einmal fragen, drum merken Sie es sich, der Saldo stimmt, es ist sogar noch ein Rest übrig.‹

Weißt du, was das war?

So eine dicke Kladde mit schwarzem Umschlag, in die er den ganzen Krieg hindurch eingetragen hatte, wofür die Dollars ausgegeben wurden. Aus den Fallschirmabwürfen bekamen wir ja Dollars zum Waffenkauf. Ein paar Zehndollarscheine waren noch übrig und lagen in dem Heft.«

»Hast du den Rest und das Heft in Amerika den Gewerkschaftsführern übergeben, die dich im Jahr 63 so bewegt als Gast empfingen?«

»Weißt du was, ich habe es gar nicht aus dem Krankenhaus mitgenommen. Ich habe davon Antek und Celina erzählt, wir haben, das weiß ich noch, schrecklich über diese Geschichte gelacht. Über das Heft, und daß Mikołaj so seltsam stirbt, in einem Bett mit sauberer Wäsche. Wir sind tatsächlich geplatzt vor Lachen, bis uns Celina daran erinnerte, daß es sich schließlich nicht gehörte.«

»Haben sie nachher aufgehört, dir Herzen an die Wand zu malen?«

»Ja.

Eines Tages kam ich in eine Vorlesung – sicher nur, um mir das Testat zu holen – und hörte, wie der Professor sagte: ›Wenn der Arzt das Auge des Kranken ansieht, die Haut, die Zunge, dann sollte er wissen, was dem Kranken fehlt.‹ Das gefiel mir. Ich dachte mir, die Krankheit ist wie ein verworrenes Bilderrätsel, und wenn man es gut zusammensetzt, weiß man, was im Menschen, was in seinem Inneren los ist.«

»Warum eigentlich mußt du die Verantwortung für ein Menschenleben übernehmen?«

»Vermutlich weil alles andere mir weniger wichtig erscheint.«

»Geht es vielleicht darum, daß du damals zwanzig Jahre alt warst? Wenn man die wichtigsten Augenblicke seines Lebens mit zwanzig Jahren erlebt, fällt es später recht schwer, eine ebenso sinnvolle Beschäftigung zu finden.«

»Weißt du, in der Klinik, in der ich nachher arbeitete, gab es eine große Palme. Ich stellte mich manchmal darunter – und sah die Säle, in denen meine Patienten lagen. Das waren alte Zeiten, als wir weder die heutigen Medikamente noch die Eingriffe und Apparate kannten, und die Mehrzahl der Menschen in meinen Sälen war zum Tode verurteilt. Meine Aufgabe bestand darin, möglichst viele unter ihnen zu retten, und irgendwann einmal kam es mir unter dieser Palme zum Bewußtsein, daß es eigentlich dieselbe Aufgabe sei wie dort auf dem Umschlagplatz. Damals stand ich auch am Tor und holte einzelne aus der Menge der Verurteilten heraus.«

»Und so stehst du nun dein ganzes Leben an diesem Tor?«

»Eigentlich ja. Und wenn ich nichts mehr tun kann, kann ich ihnen immer noch einen komfortablen Tod sichern. Damit sie nicht wissen, nicht leiden, sich nicht ängstigen. Damit sie sich nicht erniedrigen.

Man muß ihnen eine solche Art zu sterben liefern, damit sie sich nicht in JENE verwandeln. In die aus der dritten Etage am Umschlagplatz.«

»Ich habe gehört, wenn du banale und leichte Fälle behandelst, tätest du das gewissermaßen aus Pflicht. Du würdest erst richtig lebendig, wenn das Spiel beginnt. Wenn der Wettlauf mit dem Tode beginnt.«

»Darin besteht doch meine Rolle.

Der liebe Gott will eine Kerze auslöschen, doch ich muß schnell die Flamme beschützen und seine zeitweilige Unaufmerksamkeit ausnützen. Sie soll wenigstens ein bißchen länger brennen, als Er das wünscht.

Das ist wichtig; denn Er ist nicht allzu gerecht. Außerdem ist es angenehm, wenn es gelingt, immerhin hat man Ihm ein Schnippchen geschlagen.«

»Ein Wettlauf mit dem lieben Gott? Was für ein Hochmut!«

»Weißt du, wenn man Menschen zu den Waggons begleitet hat, dann kann man hinterher mit Ihm einiges abzurechnen haben. Sie sind alle an mir vorbeigegangen, denn ich stand vom ersten bis zum letzten Tag am Tor. Alle vierhunderttausend Menschen sind an mir vorbeigegangen.

Natürlich endet jedes Leben ohnehin. Entscheidend ist aber die Vertagung des Urteils um acht oder zehn oder fünfzehn Jahre. Das ist durchaus nicht wenig. Als Frau Tenenbaums Tochter infolge der Nummer drei Monate länger lebte, war ich der Meinung, das sei viel, weil sie in diesen Monaten erfuhr, was Liebe ist. Die Mädchen, bei denen wir eine Stenose oder einen Klappenfehler beseitigen konnten, wurden erwachsen und liebten und brachten Kinder zur Welt, erfuhren also noch sehr viel mehr als Frau Tenenbaums Tochter.

Ich hatte mal ein neunjähriges Mädchen namens Urszula mit einer Pulmonalstenose, sie spuckte schaumigen rosa Schleim und bekam keine Luft, aber damals operierten wir noch keine Kinder. Überhaupt, damals begann man in Polen erst, Herzfehler zu operieren. Sie lag schon im Sterben, da rief ich den Professor an, die Kleine werde gleich ersticken. Er kam nach zwei Stunden mit dem Flugzeug und operierte sie noch am gleichen Tag. Ihr Befinden besserte sich schnell, später konnte sie das Krankenhaus verlassen, wieder in die Schule gehen usw. Manchmal besucht sie uns, verheiratet oder geschieden, hübsch, groß, schwarz. Früher entstellte sie ein Schielauge, wir haben eine Operation durch einen guten Augenarzt veranlaßt, jetzt ist auch das in Ordnung bei ihr.

Dann hatten wir die Teresa mit dem Herzfehler, aufgeschwollen wie eine kleine Tonne und dem Sterben nahe. Kaum waren die Ödeme vergangen, sagte sie: ›Bitte entlassen Sie mich nach Hause‹, dabei war die ganze Zeit über niemand zu Besuch bei ihr gewesen. Ich ging hin – ein Hinterzimmer mit Betonfußboden. Sie wohnte dort mit ihrer kranken Mutter und zwei jüngeren Schwestern. Sie wollte gehen, weil jemand sich um diese Schwestern kümmern mußte – sie war damals zehn Jahre alt –, und sie ging. Später hat sie ein Kind zur Welt gebracht. Nach der Geburt mußten wir sie wieder von dem Lungenödem befreien, aber kaum konnte sie atmen, sagte sie, sie müsse gehen, um auf das Kind achtzugeben. Manchmal besucht sie uns und behauptet, sie habe alles, was sie wolle, ein Haus, ein Kind, einen Mann. Das Wichtigste jedoch ist, daß sie dieses Zimmer hinter dem Laden verlassen hat.

Dann hatten wir die Grażyna aus dem Kinderheim, deren Vater, ein Alkoholiker, in einer Heil- und

Pflegeanstalt und deren Mutter an der Tuberkulose gestorben ist. Ich habe ihr gesagt, sie dürfe kein Kind kriegen, aber sie hat eins geboren und kam zu uns mit Kreislaufschwäche. Sie wird immer schwächer, kann nicht mehr arbeiten, kann ihr Kind nicht mehr auf den Arm nehmen, aber sie fährt es im Kinderwagen spazieren und ist stolz, daß sie ein Kind hat wie jede normale Frau. Ihr Mann liebt sie sehr und ist mit einem Eingriff nicht einverstanden. Wir haben nicht den Mut, darauf zu bestehen, und Grażyna verlöscht langsam.

Vielleicht erzähle ich dir etwas Falsches, aber ich kann mich so genau nicht mehr erinnern. Es ist seltsam, solange sie da sind, es ihnen schlecht geht und man ihnen helfen muß, sind sie für dich die Nächsten auf der Welt, und du weißt alles von ihnen. Du weißt, sie haben einen Steinfußboden, der Vater trinkt, die Mutter ist psychisch krank, in der Schule gibt es Schwierigkeiten bei der Mathematik, der Mann ist nicht der Richtige für sie, ihr Semester macht gerade Examen, man muß also ein Taxi nehmen und sie mit einer Schwester und mit Medikamenten hinschicken. Du weißt auch alles über ihr Herz, daß es an der Klappe eine Verengung oder eine Erweiterung gibt (ist die Klappe zu eng, besteht Blutleere, ist sie zu weit, bleibt das Blut im Herzen und fließt nicht in den Kreislauf), du schaust sie an, und wenn sie hübsch und zart ist und eine rosa Haut hat, bedeutet es, daß ihr Blut im Kreislauf zurückgestaut und eine Erweiterung der kleinen Gefäße unter der Haut eingetreten ist. Wenn sie aber blaß ist und die Gefäße am Hals pulsieren, hat sie eine Aorteninsuffizienz. Du weißt alles über sie, und sie sind dir die Nächsten in den paar Tagen tödlicher Gefahr. Dann aber geht es ihnen besser, sie werden nach Hause entlasen, du vergißt ihre Gesichter, jemand anderes wird eingeliefert, und nur noch der ist jetzt wichtig.

Vor ein paar Tagen wurde eine siebzigjährige Frau mit Insuffizienzanzeichen eingeliefert. Der Professor hat sie operiert, eine wirklich riskante Sache bei akuter Kreislauf-Insuffizienz. Im Einschlafen betete sie: ›Herr Gott, segne die Hand des Professors und die Gedanken der Ärzte aus dem Pirogow-Spital.‹ (Die Ärzte aus dem Pirogow-Spital waren wir, Aga Żuchowska und ich.)

Und nun sag mir, wem außer meiner alten Patientin würde es einfallen, für meine Gedanken zu beten?«

Ist es nicht höchste Zeit für ein bißchen Ordnung? Die Leute erwarten doch von uns Zahlen, Daten, Angaben über die Menge der Kämpfer und ihre Bewaffnung. Die Leute nehmen die Fakten und die Chronologie sehr ernst.

Zum Beispiel: Es sind 220 Aufständische und 2090 Deutsche.

Die Deutschen haben Flugzeuge, Artillerie, Panzerwagen, Minenwerfer, 82 Maschinengewehre, 135 Maschinenpistolen und 1358 Karabiner, auf einen Aufständischen aber entfallen (nach dem Bericht des stellvertretenden Kommandanten des Aufstands) 1 Revolver, 5 Handgranaten und 5 Benzinflaschen.

Auf jeden Teilbereich 3 Karabiner. Im gesamten Ghetto 2 Minen und 1 automatische Pistole.

Die Deutschen marschieren am 19. April um vier Uhr ein. Die ersten Kämpfe sind am Muranowski-Platz, in der Gęsia und der Zamenhof-Straße. Um zwei Uhr nachmittags ziehen die Deutschen sich zurück, ohne einen einzigen Menschen auf den Umschlagplatz gebracht zu haben. (»Wir hielten es damals für sehr wichtig, daß sie an diesem Tag niemanden fortgeschafft hatten. Wir hielten es sogar für einen Sieg.«)

20. April: Bis zum Mittag keine Deutschen (volle vierundzwanzig Stunden lang ist kein einziger Deutscher im Ghetto!), sie kommen erst um zwei Uhr wieder, nähern sich dem Gelände der Bürstenfabrik und versuchen, das Tor zu öffnen. Eine Mine explodiert, sie ziehen sich zurück. (Das ist eine der beiden Minen, die es im Ghetto gab. Die andere, an der Nowopilie-Straße, explodierte nicht.) Sie steigen hinauf zum Dachboden, Michał Klepfisz deckt sie mit seinem eigenen Körper gegen ein deutsches MG. Die Gruppe schlägt sich durch – Radio Świt sendet später die Nachricht, Michał sei auf dem Felde der Ehre gefallen, und verliest General Sikorskis Befehl über die Verleihung des Ordens Virtuti Militari V. Klasse.

Nun folgt die Szene mit den drei SS-Offizieren. Mit weißen Armbinden und gesenkter MP schlagen sie einen Waffenstillstand und Abtransport der Verwundeten vor. Die Aufständischen schießen auf die Offiziere, treffen aber nicht.

In dem Buch *The Wall* des amerikanischen Schriftstellers John Hersey ist diese Szene sehr genau beschrieben.

Felix, einer der erfundenen Helden, erzählt davon mit einer gewissen Verlegenheit. In ihm schlummert noch, schreibt der Autor, die für die westeuropäische Tradition typische Sehnsucht nach Spielregeln des Krieges und nach der Einhaltung des Fair play im tödlichen Kampf.

Zygmunt war es, der auf die SS-Männer schoß. Sie hatten nur einen einzigen Karabiner, und Zygmunt schoß am besten, weil er noch vor dem Kriege seinen Militärdienst abgeleistet hatte. Als Edelman die Offiziere mit den weißen Armbinden herankommen sah, sagte er: »Schieß«, und Zygmunt schoß.

Edelman ist der einzige Überlebende dieser Szene, jedenfalls was die Seite der Aufständischen anbetrifft. Ich frage ihn, ob es ihn nicht verlegen mache, daß er die für die westeuropäische Tradition typischen Regeln des Fair play im Kriege verletzt habe.

Er antwortet, es mache ihn nicht verlegen, weil diese drei Deutschen genau dieselben waren, die vierhunderttausend Menschen nach Treblinka geschafft hatten, nur daß sie jetzt weiße Armbinden trugen.

(Stroop erwähnte in seinem Bericht diese Parlamentäre und die ›Banditen‹, die das Feuer auf sie eröffnet hätten.

Kurz nach dem Kriege sah er Stroop.

Die Staatsanwaltschaft und die Kommission zur Untersuchung der Verbrechen baten ihn, in einer Konfrontation mit Stroop ein paar Einzelheiten festzustellen: Wo die Mauer verlief, wo das Tor war, topographische Details.

Sie saßen hinter dem Tisch, der Staatsanwalt, der Vertreter der Kommission und er. Man führte einen hochgewachsenen, sorgfältig rasierten Mann mit sauber geputzten Schuhen in den Raum. »Er nahm vor uns Haltung an, ich erhob mich gleichfalls. Der Staatsanwalt erklärte Stroop, wer ich sei. Stroop richtete sich auf, schlug die Hacken zusammen und wandte mir den Kopf zu. Beim Militär heißt das ›die militärischen Ehren erweisen‹ oder so ähnlich. Man fragte mich, ob ich gesehen hätte, wie er Menschen tötete. Ich sagte, ich hätte diesen Mann bisher nie mit eigenen Augen gesehen, das sei jetzt das erste Mal. Dann fragten sie mich, ob es möglich sei, daß an dieser Stelle das Tor gestanden habe und von dorther die Panzer gekommen seien. Stroop sage so aus, aber das reime sich nicht mit anderem zusammen. Ich sagte: ›Schon möglich, daß hier das Tor stand und von dort die Panzer kamen.‹ Es war mir unangenehm. Dieser Mann hatte vor mir Haltung angenommen, ohne Koppel, er war bereits einmal zum Tode verurteilt. Was hatte es für eine Bedeutung, wo die Mauer stand und wo das Tor. Ich wollte das Zimmer möglichst schnell verlassen.«)

Die Parlamentäre zogen ab (Zygmunt hatte leider daneben geschossen), abends stiegen sie alle hinunter in den Keller.

Nachts kommt ein Junge angelaufen und schreit. Eine Panik bricht aus.

Entschuldigung, ›kommt ein Junge angelaufen und

schreit‹ ist kein richtiger historischer Bericht. Genauso wenig wie die Tatsache, daß nach dem Schrei des Jungen in den Kellern ein paar tausend Leute aufspringen, Staub aufwirbelt, Kerzen verlöschen und der Junge schnellstens zur Ordnung gerufen werden muß. Das ist für die Geschichte zu detailliert. Gleich danach beruhigen sich die Leute, sie merken, daß jemand kommandiert (»Die Leute sollten stets wissen, daß jemand kommandiert.«)

Die Deutschen beginnen also, das Ghetto anzuzünden. Das Gelände der Bürstenfabrik steht bereits in Flammen, sie müssen durch diese Flammen zum Zentralghetto durchbrechen.

Wenn ein Haus brennt, dann brennen zuerst die Fußböden, später fallen die brennenden Balken von oben herab. Aber zwischen dem Fall des einen Balken und des nächsten vergehen einige Minuten, genau dann muß man hindurchlaufen. Es ist so entsetzlich heiß, daß die Glasscherben und der Asphalt unter den Füßen schmelzen. Sie laufen zwischen den herabfallenden Balken durch die Flammen. Die Mauer. Eine Bresche in der Mauer, daneben ein Scheinwerfer. »Wir kommen nicht mit.« – »Dann bleibt halt da.« Ein Schuß in den Scheinwerfer, sie laufen. Ein kleiner Hof, sechs Kämpfer, Schüsse, sie laufen. Fünf Kämpfer, ein Grab, Stasiek, Adam, die ›Internationale‹ . . .

Noch etwas. Am gleichen Tag, als das Grab gegraben und leise die erste Strophe gesungen wurde, mußten sie durch die Keller ein anderes Haus erreichen. Vier Leute gingen voraus, um einen Durchgang zu schlagen, doch oben standen die Deutschen und warfen Handgranaten in den Keller. Rauch und Dunst drang durch die Öffnung. Er befahl, sie sofort zu schließen. Einer der Männer war schon jenseits der Öffnung, aber da die Leute bereits zu ersticken drohten, konnte man auf ihn nicht mehr warten.

Nun haben wir eine genaue Chronologie. Wir wissen jetzt, daß erst Michał Klepfisz starb, dann die sechs Kämpfer, dann die fünf, dann Stasiek, dann Adam, dann der Mann, hinter dem die Öffnung zugeschüttet werden mußte. Und dann die Hunderte von Leuten aus dem Bunker. Doch das war bereits erheblich später, als das gesamte Ghetto brannte und alle in die Keller gegangen waren. Dort war es entseztlich heiß, eine Frau ließ ihr Kind für einen Augenblick an die frische Luft, die Deutschen gaben ihm ein Bonbon und fragten: »Wo ist denn deine Mutter?«, das Kind führte sie hin, und die Deutschen sprengten den ganzen Bunker, mehrere Hundert Menschen. »Wir haben später gesagt, man hätte das Kind erschießen müssen, kaum daß es draußen war. Aber das hätte auch nichts genützt, denn die Deutschen hatten Horchgeräte und fanden damit die Menschen in den Kellern.«

So ist die Chronologie der Ereignisse.

Die geschichtliche Reihenfolge erweist sich als eine Reihenfolge des Sterbens.

Die Geschichte entsteht auf der anderen Seite der Mauern, dort, wo man Berichte schreibt, Radiomeldungen in die Welt sendet und von der Welt Hilfe fordert. Jeder Spezialist kennt heute die Telegrammtexte und Regierungsnoten. Aber wer weiß von dem

Mann, hinter dem die Öffnung zugeschüttet werden mußte, weil Rauch in den Keller drang. Wer weiß heute noch von diesem Mann.

Es ist *Wacław,* der auf der arischen Seite die Meldungen über das Ghetto schreibt. Zum Beispiel: ›Kommuniqué Nr. 3. Wac. A/9. 21. April. Die Jüdische Kampforganisation, die den Kampf im Warschauer Ghetto leitet, hat das deutsche Ultimatum, die Waffen bis Dienstag 10.00 Uhr niederzulegen, abgelehnt. Die Deutschen setzen Feldartillerie, Panzer und gepanzerte Abteilungen ein. Die Belagerung des Ghettos und der bewaffnete Widerstand der jüdischen Kämpfer ist beinahe das einzige Gesprächsthema der Millionenstadt.‹

Vorher hatte *Wacław* Nachrichten über die Räumungsaktion im Ghetto gesendet, durch ihn hatte die Welt von der Existenz des Umschlagplatzes erfahren, von den Transporten, den Gaskammern, von Treblinka. *Wacław* – sein richtiger Name lautet Henryk Woliński – wird in jedem Buch, in jeder wissenschaftlichen Arbeit über das Ghetto genannt. Er leitete das jüdische Referat beim Hauptkommando der AK und war der Verbindungsmann zwischen der ŻOB und dem Kommando. Unter anderem übermittelte er dem Kommandanten die erste Deklaration über die Gründung der ŻOB und *Jurek* Wilner den Befehl General *Grot*-Roweckis, der die ŻOB der AK unterstellte. Er bahnte den Kontakt der Juden zu General *Monter* und den Offizieren an, die später die Waffen lieferten und sie ausbildeten. (Am häufigsten als Ausbilder tätig war Zbigniew Lewandowski, *Szyna*, stellvertretender Führer des Warschauer Kedyw und Leiter des Büros für technische Untersuchungen der AK.) Er erzählt, zu den ›Unterrichtsstunden‹ seien nur zwei Personen aus dem Ghetto gekommen, eine Frau und ein Mann, was ihn anfangs besorgt gemacht hätte; doch stellte sich heraus, daß der Mann Chemiker war, schnell begriff und *Szynas* Instruktionen an seine Kameraden im Ghetto weitergab. Außer den Instruktionen erhielten sie Kaliumchlorat. Sie selbst taten Schwefelsäure, Benzin, Papier, Zucker und Klebstoff hinzu und fertigten Brandflaschen an. »Molotow-Cocktails?« erkundige ich mich, doch Dozent Lewandowski ist empört: »Kein Vergleich! Unsere Flaschen waren raffiniert und zart, mit dem Chlorat überzogen und mit Papier beklebt, sie hatten Zündpunkte an der gesamten Oberfläche. Das Neueste aus dem Büro für Technische Untersuchungen der AK. Überhaupt war alles, was wir der ŻOB gaben«, sagt *Szyna*, »die Flaschen, die Leute, die Waffen, das Beste von allem, was wir geben konnten.«

Dozent Lewandowski kennt bis heute nicht den Namen des Mannes, der in die Marszałkowska 62 kam (linkes Hinterhaus, Parterre). »Er war groß, schlank und dunkelhaarig«, erzählt er. »Keiner von jenen kämpferischen Revolvermännern, sondern leise und ruhig. Bei besonders gefährlichen Aktionen waren keineswegs die Revolvermänner die besten, sondern eben solche Unscheinbaren.«

Ich sage also dem Dozenten, daß der Mann, den er unterrichtet hat, Michał Klepfisz hieß.

Zusammen mit Stanisław Herbst beschrieb *Wac-*

law die erste große Räumungsaktion im Ghetto, und ein Kurier brachte den Bericht in Form eines Mikrofilms über Paris nach Lissabon (Weihnachten 1942, kurz vor dem Heiligen Abend bestätigte General Sikorski den Empfang des Berichts). *Jurek* Wilner, der Vertreter der ŻOB auf der arischen Seite, hatte täglich Meldungen aus dem Ghetto gebracht, so blieben sie stets aktuell; sie wurden sogleich nach London durchgegeben. Zum Beispiel:

... wahnsinnige Panikstimmung, um 6.30 Uhr beginnt die Aktion. Jeder ist darauf vorbereitet, daß er zu jeder Zeit und an jedem Ort abgeholt werden kann ...

... die letzte Räumungsphase hat am Sonntag begonnen. An diesem Tag waren alle Juden verpflichtet, sich um 10 Uhr vor dem Sitz der Gemeinde zu stellen. Hier wurden die Lebensnummern ausgegeben, die jeder auf der Brust zu tragen verpflichtet war. Es sind gelbe Kärtchen mit einer handgeschriebenen Nummer, dem Stempel der Gemeinde und einer Unterschrift. Die Kärtchen sind ohne Namen ...

... in der vergangenen Woche wurden auf dem Umschlagplatz bezahlt: für 1 kg Brot 1000 Zł., für eine Zigarette 3 Zł ...

... Seweryn Majde traf mit einem schweren Aschenbecher genau den Kopf eines der Gendarmen, die ihn holten wollten. Er wurde natürlich erschossen. Dies ist der einzige bekannte Fall erfolgreicher Selbstverteidigung ...

... Reisende, die durch Treblinka kommen, stellen fest, daß die Züge dort nicht halten ...

Und so Tag für Tag: Wilner bringt Nachrichten aus dem Ghetto, *Wacław* setzt Berichte auf, die Funker übermitteln sie nach London, Radio London aber sendet entgegen seinen sonstigen Gewohnheiten zu diesem Thema nichts. Auf Wunsch ihrer Chefs fragen die Funker nach dem Grund, aber die BBC schweigt weiter. Erst nach einem Monat gibt sie in einem Informationsdienst die erste Nachricht über die täglichen Zehntausend und den Umschlagplatz durch. Denn – das erwies sich später – London hatte die ganze Zeit über *Wacławs* Berichten keinen Glauben geschenkt. »Wir dachten, ihr hättet mir der antideutschen Propaganda ein bißchen übertrieben«, rechtfertigten sie sich, als sie die Bestätigung aus eigenen Quellen in der Hand hatten. Deshalb brachte *Jurek* Wilner aus dem Ghetto neben den Nachrichten auch Telegrammtexte, wie zum Beispiel den an den Jüdischen Kongreß in den USA, der mit den Worten schließt: »Brüder! Die Reste der Juden in Polen leben in der Überzeugung, daß Ihr uns in den schrecklichsten Tagen unserer Geschichte keine Hilfe geleistet habt. Gebt Nachricht. Dies ist der letzte Appell an Euch.«

Im April 1943 übergibt *Wacław* den Befehl General *Monters*, in dem die bewaffnete Tat der Warschauer Juden begrüßt wird, an Antek vom ŻOB-Kommando und informiert ihn später, die AK werde versuchen, von der Bonifraterska und von Powązki her die Ghettomauer zu durchbrechen.

Wacław weiß bis heute nicht, ob diese Nachricht je in das Ghetto gelangte; es ist aber zu vermuten, denn

Anielewicz hat ja von dem erhofften Angriff gesprochen und sogar einen Mann hingeschickt, der nicht durchkam (er wurde auf der Miła verbrannt, sein Schreien war den ganzen Tag zu hören), und der Augenblick, in dem Anielewicz diese Nachricht erhielt, war wohl der einzige, in dem er Hoffnung schöpfte, auch wenn die anderen ihm sogleich sagten, es sei sinnlos, dort komme niemand durch.

Auf der Miła schrie der eine Mann, auf der anderen Seite der Mauer lagen auf dem Fahrdamm zwei Männer, die eine 50-kg-Sprengladung an der Ghettomauer hatten anbringen wollen. Zbigniew Młynarski, Deckname *Kret*, sagt, es sei fatal gewesen, daß diese beiden gleich zu Anfang fielen und niemand mehr mit der Ladung bis zur Mauer vordringen konnte.

»Die Straße war leer, die Deutschen beschossen uns von allen Seiten. Das Maschinengewehr auf dem Dach des Krankenhauses, das vorher das Ghetto beschossen hatte, schoß auf uns. Hinter uns auf dem Krasiński-Platz stand eine Kompanie der SS. Da zündete *Pszenny* die Mine, die die Mauer hatte sprengen sollen – sie explodierte auf der Straße und zerriß die Leichen unserer beiden Kameraden. Wir zogen uns zurück.«

»Heute«, sagt Herr Młynarski, »weiß ich, wie man das hätte machen müssen. Wir hätten ins Ghetto gehen müssen und die Ladung von innen zünden, unsere Leute aber hätten auf der anderen Seite stehen und die Aufständischen hinausführen müssen.«

Nur, wenn man es genau bedenkt, wieviele wären

herausgekommen? Ein Dutzend, kaum mehr. Und hätten sie überhaupt herauskommen wollen?

»Für sie«, sagt Herr Młynarski, »hatte das einen Prestigeaspekt. Er kam spät, aber schließlich haben sie diesen schmerzhaften Akt vollzogen. Und es ist gut, daß sie es getan haben, wenigstens haben sie die Ehre der Juden gerettet.«

Genau dasselbe sagt Henryk Grabowski, in dessen Wohnung *Jurek* Wilner die Waffen versteckt hielt und der *Jurek* später aus der Gestapohaft herausholte:

»Diese Leute wollten gar nicht leben, und man muß es ihnen als Plus anrechnen, daß sie gesunden Menschenverstand hatten und im Kampf fallen wollten. Denn der Tod kam für sie so oder so, dann ist es besser mit der Waffe in der Hand zu sterben als auf irgendeine verächtliche Weise.«

Herr Grabowski hatte das persönlich erfahren – daß es besser sei, im Kampf zu fallen –, als er mit einem Pack Briefe von Mordka kam und in der Nähe des Ghettos festgenommen wurde. »Entschuldigung«, verbessert sich Herr Grabowski, »von Mordechaj, man muß Dienstgrad und Funktion achten.« Er wurde an die Wand gestellt und hatte den Lauf vor sich, genau auf der Höhe des Kristallglases dort in der Vitrine. Da dachte er, wenn man doch diesen Schwaben da beißen oder ihm die Augen ausreißen könnte ... (Zum Glück war unter den anderen ein blauer Polizist, ein gewisser Wisłocki, zu dem er sagte: »Gut, Herr Wisłocki, tun Sie, was Sie müssen, aber ich bin nicht allein, beschweren Sie sich nachher nicht, falls Sie aus diesem Grund Schwierigkeiten kriegen sollten.« Wisłocki verstand sofort, und sie ließen ihn laufen.)

Herr Grabowski kannte Mordka schon seit Jahren, noch aus der Vorkriegszeit. »Das ist doch einer von uns, aus Powiśle. Wir waren in derselben Bande. Zum Krachmachen, auf Raubzüge, zu Keilereien mit den Jungen von Wola oder Mokotów gingen wir immer zusammen.«

Frau Grabowska war genauso arm wie Frau Anielewicz. Die eine verkaufte Fische, die andere Backwaren, und wenn sie an einem Tag zehn Brote, vierzig Brötchen und ein bißchen Suppenkraut verkaufte, war das viel.

Schon damals in Powiśle sah man, daß Mordka sich zu schlagen wußte. So wunderte es Herrn Grabowski gar nicht, als er ihn mit dem Namen Mordechaj im Ghetto traf, im Gegenteil, es schien ihm ganz natürlich. Wer sollte denn schließlich Kommandant sein, wenn nicht einer von ihnen, aus Powiśle. (Mordechaj trug ihm damals auf, was er den Leuten in Wilna sagen sollte: Geld sammeln, Waffen und gesunde, entschlossene junge Männer.)

Herr Grabowski war vor dem Krieg Pfadfinder. Alle seine Kameraden aus der älteren Gruppe wurden in Palmiry erschossen, alle fünfzig, nur er kam davon und erhielt nun von seinen Pfadfinder-Vorgesetzten den Auftrag, nach Wilna zu fahren und die Juden dort für den Kampf zu organisieren.

In einer Wilnaer Vorstadt lernte Herr Grabowski *Jurek* Wilner kennen. Dort gab es ein Dominikanerinnenkloster, dessen Oberin einige Juden versteckt hielt. (»Zu meinen Ordensschwestern habe ich gesagt: ›Denkt an das Wort Jesu: Niemand hat größere Liebe denn die, daß er sein Leben läßt für seine Freunde.‹ Und sie haben verstanden.«)

Jurek Wilner war der Liebling der Oberin; blond und blauäugig, erinnerte er sie an ihren in Gefangenschaft befindlichen Bruder. Sie unterhielten sich oft – sie sprach zu ihm von Gott, er zu ihr von Marx –, und als er nach Warschau ins Ghetto fuhr, aus dem er nicht mehr zurückkehren sollte, ließ er ihr das Wertvollste, das er besaß, ein Heft mit Gedichten. Er hatte dort abgeschrieben, was er am meisten liebte, was ihm das Wichtigste zu sein schien. Und dieses Heft mit dem braunen Wachstuchumschlag und den vergilbten, von *Jureks* Hand beschriebenen Blättern (den Namen hatte sie sich für ihn ausgedacht) hat sie bis heute aufgehoben.

»Das Buch hat viel erlebt, Gestapobesuch, Lager, Gefängnis. Ich möchte es vor meinem Tod in würdige Hände legen.«

Aus *Jurek* Wilners Heft

Sieh nicht – nein – sieh nicht – nein – was vorn,
was vor dir ist
(Schuhe – Schuhe – Schuhe – Schuhe – rauf, runter,
rauf runter)
Leute – Leute – Leute – Leute – von ihrem Anblick
behext
Im Kriege gibt es keine Rast

Versuch doch – denk – denk – denk – an Früheres, an
Anderes
O mein Gott – Gott – Gott – bewahre die Vernunft
vor Wahnsinn!
(Schuhe – Schuhe – Schuhe – Schuhe – rauf, runter,
rauf, runter)
Im Kriege gibt es keine Rast
Wir können – ertragen – Hunger – Kälte, Durst und
Erschöpfung
Aber – nein – nein – nein – nein – nicht diesen ständigen Anblick
(Schuhe – Schuhe – Schuhe – Schuhe – rauf, runter,
rauf, runter)
Im Kriege gibt es keine Rast

Also, Herr Grabowski lernte *Jurek* in einer Wilnaer Vorstadt kennen, und als *Jurek* nach Warschau kam, wohnte er bei Herrn Grabowski auf der Podchorążych-Straße. Alle Juden aus Wilna, die nach Warschau kamen, wohnten erst einmal bei Herrn Grabowski, und er ging mit ihnen auf den Markt, um ihnen etwas zum Anziehen zu kaufen. »Damals waren Skimützen modern, kleine Mützen mit schmalem Dach, aber die standen ihnen nicht, sondern unterstrichen ganz merkwürdig die Nase, darum hieß es: Radfahrermützen ja, Hüte ja, aber Skimützen auf keinen Fall.« Er korrigierte auch ihr Verhalten, ja sogar ihren Gang, damit sie sich ›ohne jüdischen Akzent‹ bewegten.

Herr Grabowski machte viele interessante Beobachtungen. Je mehr Angst jemand hatte, desto häßlicher war er, denn seine Gesichtszüge verzerrten sich. Alle dagegen, die wie Wilner und Anielewicz keine Angst hatten, waren wirklich gut aussehende Burschen, ihr Gesicht wirkte gleich ganz anders.

Als Vertreter der ŻOB auf der arischen Seite (Herr Grabowski erfuhr von dieser Mission erst später, erst nach dem Kriege; zu jener Zeit wollte jeder möglichst wenig wissen, um sich bei einem Verhör nicht zu verplappern) hatte *Jurek* ständig Kontakt mit *Wacław* und mit Offizieren. Wenn er nicht alle Pakete ins Ghetto mitnehmen konnte, ließ er sie bei Herrn Grabowski oder bei den Unbeschuhten Karmeliterinnen auf der Wolska, Revolver, Messer oder etwas Trotyl. Die Karmeliterinnen hatten damals noch keine so strenge Klausur wie heute, deshalb durfte sich *Jurek*, wenn er vom Säckeschleppen erschöpft war, hinter einem Paravent auf einem Feldbett im Parlatorium ausruhen. Im gleichen Parlatorium sitze ich auf der einen Seite des schwarzen Eisengitters, die Oberin im Halbdunkel der Nische auf der anderen. Wir sprechen über diese Waffentransporte für das Ghetto, die fast ein Jahr lang durch ihr Kloster gingen. Ob sie keine Bedenken hatte? Die Oberin versteht nicht.

»Schließlich – Waffen an diesem Ort?!«

»Meinen Sie vielleicht, weil Waffen zum Töten von Menschen dienen?« fragt die Oberin. Nein, daran hätte sie nicht gedacht. Sie hätte nur daran gedacht, daß es, sollte *Jurek* die Waffen benutzen und sollte dann seine letzte Stunde kommen, gut wäre, wenn er zuvor Buße täte und sich mit Gott versöhnte. Sie hatte ihn sogar gebeten, ihr das zu versprechen, und fragt nun mich, ob ich glaube, daß er dieses Versprechen gehalten hätte, als er sich in dem Bunker auf der Miła erschoß.

Als *Jurek* und seine Kameraden von den Waffen Gebrauch machten, war der Himmel über diesem Teil der Stadt ganz und gar rot, und der Widerschein drang bis in den Klosterflur. Darum versammelten sich die Unbeschuhten Karmeliterinnen auch jeden Abend hier und nicht in der Kapelle, um die Psalmen zu lesen (Denn wir werden ja um deinetwegen täglich erwürgt, wir sind gerechnet wie die Schlachtschafe. Erwecke dich, Herr!), und die Oberin betete zu Gott, *Jurek* Wilner möge seinen Tod ohne Furcht annehmen.

So sammelte *Jurek* Waffen, und Herr Grabowski half ihm seinerseits energisch bei der Vervollständigung der Einkäufe. Einmal erwischte er einige Hundert Kilo Salpeter und Holzkohle für Sprengmaterial (er kaufte das bei Stefan Oskroba, dem Besitzer einer Drogerie am Narutowicz-Platz), ein anderes Mal 200 g Zyankali, das die Juden für den Fall einer Verhaftung haben wollten. Das Zyankali waren kleine, graublaue Würfel, und Herr Grabowski probierte sie erst an einer Katze aus. Er kratzte ein bißchen ab, streute das Pulver auf ein Stück Wurst, die Katze krepierte sofort, danach gab er die Würfel beruhigt an Wilner. Denn als Besitzer eines kleines Ladens mit Speck und Fleisch hatte Herr Henryk seine Kaufmannsehre und wollte einem Freund keine schlechte Ware verkaufen.

Henryk *Słoniniarz* – das war Herrn Grabowskis Deckname – und *Jurek* Wilner waren eng befreundet.

Während sie auf demselben Strohsack schliefen (im Bett lag Henryks Frau und seine Tochter, unter dem Bett aber lagen die Pakete mit den Messern und den Handgranaten), unterhielten sie sich über alles. Wie kalt es sei, wie gern sie etwas Ordentliches essen würden, wie die andere Seite mordete und daß sie den Kopf würden hinhalten müssen. »Was aber die Intelligenz im allgemeinen anbetrifft«, erinnert sich Herr Grabowski, »so hatte *Jurek* einen philosophischen Sinn. Wir sprachen häufig darüber, warum das alles so sei, er betrachtete das Leben ganz allgemein menschlich.«

Aus *Jurek* Wilners Heft

Und in einem Tag –
schon treffen wir uns nicht mehr
Und in einer Woche –
schon grüßen wir uns nicht mehr
Und in einem Monat –
schon erkennen wir uns nicht mehr
Heute aber hat mein Schrei die Nacht über dem
schwarzen Fluß
Angehoben wie einen Sargdeckel
Höre – rette mich
Höre – ich liebe dich
Hörst du –
Schon zu weit fort

In den ersten Märztagen 1943 wurde *Jurek* Wilner von der Gestapo verhaftet.

»Morgens«, erzählt Rechtsanwalt Woliński, »war ich noch bei ihm auf der Wspólna, doch um zwei Uhr umstellten die Deutschen das Haus und schnappten ihn mit Papieren und Waffen.

Bei uns galt ein ungeschriebenes Gesetz, wer geschnappt worden war, mußte mindestens drei Tage lang schweigen. Wenn er danach zusammenbrach, brauchte er keine Vorwürfe zu befürchten. *Jurek* Wilner hielt einen Monat lang der Tortur stand und gab nichts preis, weder seine Kontaktpersonen noch die Adressen, obwohl er viele kannte, auf der arischen wie auf der anderen Seite.

Er entkam auf wunderbare Weise Ende März, ging aber zurück ins Ghetto und war für keine Arbeit mehr geeignet. Er hatte völlig zerschlagene Füße und konnte nicht gehen.«

Die wunderbare Flucht, von der Rechtsanwalt Woliński sprach, hatte Henryk *Słoniniarz* für seinen Freund organisiert. Er hatte erfahren, *Jurek* sei im Lager Grochów, schlich sich durch die Sümpfe, holte ihn heraus und nahm ihn mit zu sich.

Jurek hatte zerschlagene Fingernägel, Nieren und Füße, sie hatten ihn täglich gefoltert. Eines Tages hatte er sich einer zum Erschießen bestimmten Gruppe angeschlossen, weil er hoffte, sie würden schneller mit ihm Schluß machen. Wie sich herausstellte, wurde diese Gruppe zur Arbeit nach Grochów gebracht – und dort fand ihn dann Herr Grabowski.

Alle pflegten sie ihn, Herr Grabowski, seine Mutter, seine Frau. Sie rieben ihm die Fingernägel ein, die sich von den Fingern lösten, und gaben ihm Pillen, nach denen er blau pinkelte. Schließlich kam *Jurek* zu Kräften und sagte, er wollte ins Ghetto zurückkehren. Herr Grabowski zu ihm: »*Jurek*, wie kannst du, ich bringe dich aufs Land.« *Jurek* wiederholt, er müsse zurückkehren. Darauf Herr Grabowski: »Ich verstecke dich gut, du wirst sehen, bis Kriegsende findet dich dort niemand.«

Sie nahmen nicht einmal Abschied. Als *Jureks* Kameraden ihn holten, war Herr Grabowski gerade nicht zu Hause. Aber nach Ausbruch des Aufstands im Ghetto, wußte er sofort, daß *Jureks* Ende gekommen war, daß er dieses Abenteuer bestimmt nicht überstehen würde. Oder eigentlich nicht Abenteuer, diese Tragödie, die begonnen hatte.

In der Tat, *Jurek* überstand sie nicht, und einer der letzten Meldungen der ŻOB kann man entnehmen, daß er es war, der das Signal zum Selbstmord am 8. Mai in dem Bunker auf der Miła gab.

»Angesichts der hoffnungslosen Lage und um nicht lebendig in die Hand der Deutschen zu fallen, rief Arie Wilner die Kämpfer zum Selbstmord auf. Als erster erschoß Lutek Rotblat zunächst seine Mutter und dann sich selbst. In dem Bunker fand die Mehrzahl der ŻOB-Mitglieder mit ihrem Kommandanten Mordechaj Anielewicz an der Spitze den Tod.«

Nach dem Kriege hat Herr Grabowski (erst hatte er eine Auto-Reparatur-Werkstatt, dann ein Taxi, später arbeitete er im Transportwesen als Angestellter in der technischen Abteilung) manchmal darüber nachgedacht, ob es richtig war, daß er *Jurek* weggehen ließ. In jenem Dorf wäre er bestimmt ausgeheilt und gekräftigt worden. »Aber wenn er alles überlebt hätte, würde er mir nicht vielleicht Vorwürfe machen? Ganz bestimmt würde er mir Vorwürfe machen, weil er lebt, und das wäre noch schlimmer.«

Aus *Jurek* Wilners Heft

Also noch einen Augenblick.
Daß sie mir immer wieder den Strick
zerschneiden.
Neulich war ich so gut bereit
und es war schon ein wenig Ewigkeit
in meinen Eingeweiden.

Halten sie mir den Löffel her,
diesen Löffel Leben.
Nein ich will und ich will nicht mehr,
laßt mich mich übergeben.

Ich weiß das Leben ist gar und gut
und die Welt ist ein voller Topf,
aber mir geht es nicht ins Blut,
mir steigt es nur zu Kopf.

Andere nährt es, mich macht es krank . . .

»Ich habe ihm einen Brief ins Ghetto geschrieben«, sagt *Wacław*, der Rechtsanwalt Woliński. »Was ich geschrieben habe, weiß ich nicht mehr, aber es waren herzliche Worte. Solche, wie man sie schwer schreiben kann.

Sein Tod hat mir sehr weh getan. Der Tod aller dieser Männer hat mir sehr weh getan.

Dieser verehrten, dieser heldenhaften, dieser polnischen Männer.«

Nach *Jurek* Wilner wurde *Antek* Vertreter der ŻOB auf der arischen Seite.

»Das war ein netter und tüchtiger Mann«, sagt Herr Woliński, »er hatte nur eine entseztliche Angewohnheit. Ständig trug er einen Beutel voller Handgranaten mit sich herum. Das hat mich im Gespräch ein bißchen gestört, weil ich Angst hatte, sie könnten explodieren.«

Einer der ersten Funksprüche, die *Wacław* nach London sandte, betraf das Geld. Seine Schützlinge brauchten es zum Waffenkauf. Zunächst kamen 5000 Dollar aus Fallschirmabwürfen.

»Ich habe sie Mikołaj vom ›Bund‹ gegeben, und gleich kommt der Zionist Borowski zu mir, um sich zu beklagen. ›Herr *Wacław*‹, sagt er, ›der hat alles genommen und will mir nichts abgeben, sagen Sie ihm was.‹«

Aber Mikołaj hatte sie bereits Edelman gegeben und Edelman Tosia, und Tosia hatte sie unter dem Bohnerbesen versteckt. Wie sich bald zeigte, war das ein hervorragendes Versteck, denn bei einer Haussuchung wurde die ganze Wohnung umgestülpt, aber niemand kam auf die Idee, unter dem Bohnerbesen zu suchen. Für dieses Geld wurden auf der arischen Seite Waffen gekauft.

Tosia kaufte *Wacław* später bei der Gestapo frei. Jemand hatte sie wissen lassen, daß er verhaftet worden sei. Sie überlegte, ob sich da mit dem persischen Teppich nichts machen ließe. Und tatsächlich, mit Hilfe des Teppichs wurde *Wacław* herausgeholt. »Aber es war auch«, sagt Tosia, »wirklich ein schöner Teppich. Einer von den beigefarbenen, glatten Persern mit einem dunklen Rand und einem Medaillon in der Mitte.«

Tosia, Dr. Teodozja Goliborska, die letzte jener Ärzte, die im Ghetto Forschungen über den Hunger betrieben hatten, ist für ein paar Tage aus Australien gekommen, darum sind heute viele Leute bei Rechtsanwalt Woliński. Es geht dort lebhaft und laut zu, alle überbieten sich im Erzählen von lustigen Geschichten. Zum Beispiel, welche Mühe *Wacław* mit den Leuten von der ŻOB hatte, die allzu schnell die gegnerischen Agenten liquidierten. Denn erst mußte das Urteil vorliegen, dann konnte es ausgeführt werden. Aber die kommen einfach und sagen: ›Herr *Wacław*, den haben wir schon abgeräumt.‹ Was konnte er tun? »Ich mußte an die schießende Gruppe schreiben, damit wenigstens formal ein Urteil besorgt wurde.«

Oder die Sache mit dem großen Fallschirmabwurf. Da kamen 120 000 Dollar. »Moment mal«, sagt Edelman darauf, »das waren 120 000? Wir haben nur die Hälfte bekommen.«

»Herr Marek«, antwortet *Wacław*, »ihr habt alles gekriegt und auch dafür Pistolen gekauft.«

»Die fünfzig Stück?«

»Nein. Die fünfzig Pistolen habt ihr nicht gekauft, sondern von uns, von der AK bekommen. Doch nein, eine ging nach Tschenstochau, und der Jude dort hat damit geschossen, wissen Sie noch? Und zwanzig gingen nach Poniatowa.«

So plaudern sie alle, und Tosia erinnert noch an den roten Pullover, in dem Marek damals über die Dächer gerannt ist. Sie sagt, das sei wirklich ein Lumpen gewesen im Vergleich zu dem Pullover, den sie ihm aus Australien schicken werde. Und als wir nach Hause gehen, dreht sich Edelman plötzlich um und sagt: »Es hat keinen Monat gedauert. Es waren ein paar Tage, höchstens eine Woche.«

Er meint *Jurek* Wilner. Er hätte eine Woche lang, nicht einen Monat lang die Gestapo-Tortur ausgehalten.

Nun ja, Augenblick mal. *Wacław* hat von einem Monat gesprochen, Herr Grabowski von zwei Wochen.

»Ich weiß genau, daß er eine Woche dort war.«

Die Sache ist ein bißchen irritierend.

Wenn *Wacław* von einem Monat gesprochen hat, weiß er doch sicher, was er redet.

Denn was soll das nun? Uns allen ist sehr daran gelegen, daß *Jurek* Wilner die Gestapo-Torturen möglichst lange ausgehalten hat. Es ist aber ein Unterschied, ob man eine Woche schweigt oder einen Monat. Wirklich, wir möchten sehr gern, daß *Jurek* Wilner einen Monat geschwiegen hat.

»Nun gut«, sagt er, »Antek möchte, daß wir fünfhundert waren, der Schriftsteller S. möchte, daß die Mutter die Fische angemalt hat, und ihr wollt, daß er einen Monat lang saß. Meinetwegen also einen Monat, es hat ja doch keine Bedeutung mehr.«

Genauso ist es mit den Fahnen.

Sie flatterten über dem Ghetto von den ersten Aufstandstagen an, eine weiß-rote und eine blau-weiße. Auf der arischen Seite bewirkten sie Ergriffenheit, die Deutschen aber holten sie mühsam und triumphierend als Trophäen herunter.

Er sagt, wenn da Fahnen gehangen hätten, dann hätte niemand anderes als seine Leute sie aufhängen können. Sie hätten auch gern welche aufgehängt, wenn sie nur ein wenig weißen und roten Stoff gehabt hätten, aber sie hätten keinen gehabt.

»Also hat bestimmt jemand anderes sie aufgehängt, egal wer.«

»Ja?« fragt er. »Gut möglich.« Nur daß er Fahnen nie gesehen hat. Erst nach dem Krieg hat er erfahren, daß da welche wehten.

»Unmöglich. Alle haben sie doch gesehen!«

»Nun ja, wenn alle sie gesehen haben, waren sicher Fahnen da. Im übrigen, was hat das für eine Bedeutung? Wichtig ist, daß die Leute sie gesehen haben.«

Und das ist das Schlimmste – am Ende ist er mit allem einverstanden. Und es hat keinen Sinn, ihn überzeugen zu wollen.

»Wir müssen noch etwas dazuschreiben«, sagt er.

Warum er lebt.

Als der erste Soldat der Befreier einzog, hielt er ihn an und fragte: »Bist du Jude? Wieso lebst du dann?« Das klang mißtrauisch. Hatte er jemanden verraten? Hatte er jemandem das Brot weggenommen? Ich müßte jetzt also fragen, ob er nicht zufällig auf jemandes Kosten überlebt habe, und wenn nicht – warum eigentlich er überlebt habe.

Dann wird er versuchen, sich zu entschuldigen. Er wird zum Beispiel erzählen, wie er in die Nowolipki Nr. 7 ging, wo sie ihr Quartier hatten, um jemanden zu benachrichtigen, daß Irka, die Ärztin vom Krankenhaus auf der Leszno-Straße, bewußtlos in einer leeren Wohnung gegenüber liege. Als das Krankenhaus auf den Umschlagplatz verlegt wurde, hatte Irka eine Rolle Luminal genommen, ein Nachthemd angezogen und sich ins Bett gelegt. Er hatte sie gefunden, sie – in diesem rosa Nachthemd – über die Straße in ein Haus getragen, aus dem bereits alle Bewohner weggeschafft worden waren, und wollte nun Bescheid sagen, damit man sie holte, falls sie überlebte.

Quer über die Fahrbahn der Nowolipki zog sich die Mauer. Jenseits war die arische Seite. Hinter der Mauer schaute plötzlich ein SS-Mann hervor und begann zu schießen. Er schoß ein Dutzend mal, und jeder Schuß ging etwa einen halben Meter rechts an ihm vorbei. Vielleicht hatte er einen Astigmatismus, das ist ein Sehfehler, den man durch eine Brille korrigieren kann. Aber der Deutsche hatte offenbar einen unkorrigierten Astigmatismus und traf deshalb nicht.

»Ist das alles?« frage ich. »Daß ein Deutscher nicht die richtige Brille trug?«

Also noch eine Geschichte, die von Mietek Dąb.

Eines Tages fehlten an dem Kontingent, an den zehntausend auf dem Umschlagplatz, einige Menschen, und Edelman wurde von der Straße weg auf den Wagen gesetzt, einen Rollwagen, mit dem alle in die Stawki-Straße gebracht wurden. Er war mit zwei Pferden bespannt, neben dem Kutscher saß ein jüdischer Polizist und hinten ein Deutscher.

Sie hatten schon die Nowolipki hinter sich, als er plötzlich Mietek Dąb vorbeigehen sah. Der wohnte auf der Nowolipki und ging gerade von der Arbeit heim.

Er rief: »Mietek, sie haben mich geschnappt«, und Mietek kam herangelaufen, sagte dem Polizisten, das sei sein Bruder, und er durfte hinunterspringen.

Sie gingen dann zu Mietek nach Hause.

Dort war sein Vater, ein kleiner, magerer, hungriger Mann. Er sah beide unwillig an:

»Mietek hat wieder jemanden vom Wagen runtergeholt, was? Und wieder keinen Groschen genommen? Er könnte schon Tausende haben. Er könnte dafür wenigstens das Brot kaufen, das es auf Karten gibt. Aber was tut er? Er holt die Leute runter für nichts.«

»Papa«, antwortete Mietek. »Reg dich nicht auf. Dafür habe ich eine gute Tat getan und komme in den Himmel.«

»Was für ein Himmel? Was für ein Gott?! Siehst du nicht, was geschieht? Siehst du nicht, daß es schon lange keinen Gott mehr gibt? Und selbst wenn«, hier senkte der Alte die Stimme, »dann ist er auf DEREN Seite.«

Am nächsten Tag wurde Mieteks Vater weggeschafft. Mietek konnte ihn nicht vom Wagen runterholen. Danach ging er gleich in den Wald, zu den Partisanen.

Dies ist das zweite Beispiel dafür, daß er unweigerlich umkommen sollte, aber ein Zufall ihn wieder rettete. Beim ersten Mal der Astigmatismus des SS-Mannes, diesmal die Tatsache, daß Mietek Dąb von der Arbeit ausgerechnet auf dieser Straße heimging.

Die Frauen, die mit dem rosa Schaum auf den Lippen eingeliefert wurden (die es noch schafften, erwachsen zu werden und zu lieben und Kinder zu gebären, die viel mehr schafften als Frau Tenenbaums Tochter), hatten verengte Herzklappen; diese Klappen sind gewissermaßen Blättchen, die sich rhythmisch bewegen und das Blut durchlassen. Sind sie verengt, so gelangt zu wenig Blut hindurch, ein Lungenödem kann entstehen, das Herz arbeitet schneller, um mehr Blut zu bekommen, kann aber auch nicht zu schnell schlagen, weil sich dann die Kammern nicht mit Blut füllen. Die optimale Arbeit sind 4000 Schläge pro Stunde, das heißt über 100 000 pro Tag, in dieser Zeit werden 7000 Liter oder 5 Tonnen Blut hindurchgepreßt. Ich weiß das von Ingenieur Sejdak, der sagt, das Herz sei ein Mechanismus wie jeder andere und habe wie alle Mechanismen bestimmte spezifische Eigenschaften. Es verfügt über große Reserven an Arbeitsproduktivität, und der Materialverbrauch ist gering, weil es abgenutzte Teile regenerieren, also Reparaturen bei laufendem Betrieb vornehmen kann.

Ist das Herz nicht in der Lage, die Reparatur erfolgreich vorzunehmen, wird es krank. Meistens gehen am Herzen gerade die Klappen kaputt, was verständlich ist, wie Ingenieur Sejdak sagt, weil sie so etwas wie Ventile sind, und in jedem Mechanismus, und sei es nur das Auto, gehen am leichtesten die Ventile kaputt.

Man sieht, es war für Ingenieur Sejdak nicht schwierig, das Wesen der Herztätigkeit zu verstehen. Infolgedessen konnte er binnen anderthalb Jahren für den Professor eine Apparatur konstruieren, die das echte Herz während der Reparatur, also während des Eingriffs, ersetzte.

Die Kosten des neuen, künstlichen Herzens betrugen 400 000 Zł. Die Lösung des Problems war einmalig in der ganzen Welt, Ingenieur Sejdak erlangte darauf ein Patent. Doch als die Arbeit beendet war, kam ein Kontrolleur in die Fabrik ›Merinotex‹ und stellte fest, daß dieser Betrag nicht an der richtigen Stelle gebucht war, so daß der Ingenieur Sejdak dem Betrieb Verlust verursacht, das heißt eine Wirtschaftsstraftat begangen hatte.

Zum Glück besorgte Ingenieur Sejdak entsprechende Unterlagen, der Vorwurf der Wirtschaftsstraftat wurde fallengelassen, und der Kontrolleur war so freundlich, die Sache nicht ins Protokoll aufzunehmen.

Zur Zeit arbeitet der Ingenieur an einer neuen Maschine. Sie wird dem Herzen helfen, das Blut durch verengte Gefäße zu pumpen, und den Patienten ermöglichen, die Zeit zwischen Infarkt und Operation zu überstehen. Die meisten Menschen sterben gleich nach dem Infarkt, noch ehe sie operiert werden. Sollte das eine wirklich gute Maschine werden, so wird sie vielen Menschen das Leben retten, mindestens aber – sagt Edelman – die Kerzenflamme einen Moment länger beschützen.

Natürlich darf man mit dieser Hoffnung nicht übertreiben. Denn Er beobachtet ja sehr aufmerksam sowohl Sejdak als auch den Professor und alle ihre Bemühungen und ist imstande, an einer gänzlich unvermuteten Stelle zuzuschlagen. Zum Beispiel hatten sie gedacht, es wäre ihnen gelungen, sie hätten es geschafft, und Stefan, Marysia Sawickas Bruder, war wohl der Glücklichste von allen, denn er war siebzehn Jahre alt und hatte seinen ersten Revolver bekommen. Marysia Sawicka, das ist die Kollegin von Michał Klepfiszs Schwester, mit der sie im Sportclub ›Skra‹ zusammen 800 m lief. Stefan also war damals siebzehn Jahre alt und hatte seine erste Waffe, und die Freude, daß er an der Aktion teilnehmen durfte (er war bei der Gruppe, die den Ausstieg aus der Kanalisation sichern sollte), sprengte ihn geradezu. Er konnte es daheim nicht aushalten, lief in ein Café, im gleichen Augenblick trat ein Deutscher ein und bemerkte den Revolver in Stefans Hosentasche. Er führte ihn nach draußen und erschoß ihn auf der Stelle, vor dem Hause, vor Marysias Fenstern.

Manchmal ist das ein richtiger Wettlauf, und Er spart nicht mit kleinlichen Boshaftigkeiten. Etwa bei Rudny – der Arzt von der Koronarographie fehlte, die Birne im Röntgengerät fiel aus, der Operationssaal war verschlossen, die Instrumentenschwestern kamen nicht. Die ganze Zeit über steigerten sich die Schmerzen, jeder Schmerz konnte der letzte sein, und sie suchten immer noch nach Autos, Ärzten, Birnen und Schwestern. Aber sie schafften es dennoch. Um drei Uhr früh, als sie dem Professor dankten und der Professor ihnen, als in Rudnys Herz das Blut bereits auf breiterem, durch ein Stück Vene bezeichnetem Wege floß und das Herz normal schlug – da dachten sie endlich, es sei gelungen, es sei ihnen noch einmal gelungen.

Vor dem Eingriff bei Rudny war er nicht völlig sicher gewesen, ob man ihn im akuten Zustand operieren dürfe, denn er hatte ja auch die Bücher gelesen, in denen stand, das dürfe man nicht. Er verließ das Krankenhaus, um über alles noch einmal in Ruhe nachzudenken. Da traf er Frau Dr. Zadrożna und fragte sie: »Operieren? Was meinst du?« und Frau Dr. Zadrożna war äußerst verwundert. »Na, weißt du«, sagte sie. »In eurer Lage?« Sie hatten damals nämlich Unannehmlichkeiten am Arbeitsplatz, genauer gesagt, er hatte sie, denn ihm war gekündigt worden. Und Elżbieta Chętkowska und Aga Żuchowska hatten beschlossen, aus Solidarität mit ihm zu gehen – lauter solche Dinge ohne Bedeutung. Aber Frau Dr. Zadrożna hatte ein Recht, sich zu wundern, denn ein mißlungener risikoreicher Eingriff hätte es ihnen nicht leichter gemacht, eine neue Stelle zu finden. Er jedoch, als er dieses ›Na, weißt du‹ vernommen hatte, verstand sogleich, daß es nun nichts mehr zu bedenken gab. Die Entscheidung war gefallen, und zwar sozusagen außerhalb. Er kehrte ins Krankenhaus zurück und sagte: »Wir operieren«, Elżbieta fuhr ihn noch an, daß er fortgegangen sei, obwohl er genau wisse, daß es um jede Minute gehe.

Oder es wird eine Kranke eingeliefert, und alle sagen, es sei Katatonie, eine bestimmte Form der Schizophrenie, bei der der Kranke nichts ißt, sich nicht bewegt, schläft und nicht zu wecken ist. Sie wird deswegen schon fünfzehn Jahre lang behandelt, aber jetzt nehmen sie ihr im Schlaf Blut ab und stellen fest, daß sie über 30 mg ‰ Zucker hat, und es kommt ihnen der Gedanke, das sei gar keine Schizophrenie, sondern etwas mit der Bauchspeicheldrüse. Sie operieren die Bauchspeicheldrüse, und nun beginnt das Spannendste: Gleich nach der Operation ist der Zucker 130, etwas viel, nach zwei Stunden 60, etwas wenig. Sie werden nervös, daß er zu schnell fällt, nach weiteren vier Stunden dieselben 60, er hat sich also wohl stabilisiert.

Die Sache mit der Bauchspeicheldrüse ist zu Ende, es beginnt die Alltäglichkeit. Aber dann taucht die geheimnisvolle Geschichte mit dem Kalcium auf, das bei einem Nierenkranken plötzlich stark ansteigt. Es müssen Kollegen gefragt werden, was die klinischen Symptome einer primären Nebenschilddrüsen-Überfunktion sind. Natürlich weiß das niemand, weil das alle paar Jahre einmal passiert. Sie rufen in Paris an, beim Zentrum von Professor Royuxe. Dort gibt es Kalciumspezialisten, die sagen, sie sollten ihnen das Blut zur Hormonbestimmung in einem Behälter bei -32° schicken. Aber der Patient hat schon ein

Kalcium von 16 m val/l, und bei 20 stirbt man. Sie bringen ihn zur Operation nach Warschau, vielleicht wird es unterwegs nicht schlimmer, in dem Augenblick aber, da er auf den Tisch gelegt wird, sind es 20, und der Kranke verliert das Bewußtsein.

Die Sache mit den Nebenschilddrüsen ist zu Ende, es beginnt die Alltäglichkeit.

Ich erzähle das alles Herrn Zbigniew Młynarski, Deckname *Kret*, dem, der versucht hat, die Mauer auf der Bonifraterska zu sprengen, und gerade in Deckung ging, als auf der anderen Seite bei Edelman diese Mine, ihre einzige, gezündet wurde. (Herr Młynarski ging in Deckung; dasselbe tat ein Gendarm, aber zum Glück war Herr Młynarski um den Bruchteil einer Sekunde schneller.) Ich frage also Herrn Młynarski, ob er das mit Edelman alles versteht, und er antwortet, ja, das verstehe er sehr gut. Er selbst zum Beispiel war nach dem Kriege Vorsitzender der Kürschner-Genossenschaft und erinnert sich dieser Zeit sehr genau, weil er damals schnell handeln und riskante Entscheidungen fällen mußte. So ließ er einmal aus Betriebsmitteln das Dach decken, weil die Pelze naß regneten. Man drohte ihm mit dem Gericht, er sagte: »Bitte sehr, verurteilt mich, ich habe vorschriftswidrig 2 Millionen ausgegeben, aber 30 gerettet.« Niemand hat ihm etwas getan, aber die Entscheidung verlangte tatsächlich Mut. Man denke nur, zu jenen Zeiten Betriebsmittel für ein Dach! Und eben darum geht es im Leben, folgert Herr Młynarski, um schnelle, männliche Entscheidungen.

Nach der Arbeit bei dieser Genossenschaft produzierte Herr Młynarski privat in seiner Werkstatt Pelze für staatliche Firmen. Er stellte der Vorschrift entsprechend vier Arbeiter ein und hatte seine Ruhe mit dem Finanzamt. Einer seiner Leute spannte die Felle vor, der zweite schnitt zu, der dritte vollendete, und Herr Młynarski machte zwischendurch die verantwortungsvollste Arbeit, das Sortieren. Denn das Wichtigste im Kürschnerberuf ist, daß Fell zu Fell paßt.

Richtig voll gelebt hat Herr Młynarski eigentlich nur während des Krieges. »Als Mann bin ich unscheinbar, 60 kg und 1,63 m, aber dennoch war ich mutiger als die mit 1,80 m.« Später sortierte er dann die Ware, damit die Felle paßten. »Nun, wie kann man das ernst nehmen?« fragt er. »Nach jener Zeit – jetzt das Sortieren von Karakulfellen?« Deshalb versteht er Dr. Edelman so gut.

Es geht also allein darum, die Flamme zu beschützen.

Aber Er beobachtet, wie schon gesagt, diese Bemühungen aufmerksam und ist imstande, so durchtrieben zuzuschlagen, daß es für alles zu spät ist. Wenn Blut entnommen ist und sich herausstellt, daß es Glimit enthält, läßt sich nichts mehr machen. Warum sie Glimit genommen hat? Es kann ein Angiom in der hinteren Schädelgrube gewesen sein. Sie brachte die Wörter durcheinander, behielt die einfachsten Formeln nicht, vergaß vielleicht sogar ihre Anschrift und wie man Licht macht, irgend so etwas. Sie hatte alles, liebevolle Eltern, ein Zimmer mit teuren Spielsachen, später ein großartiges Diplom und einen gut aussehenden Verlobten, aber eines Tages nahm sie Schlafmittel, und das Zimmer blieb zurück, das grün-weiße, in dem ihr guter amerikanischer Vater nichts umstellen läßt. Er sagt, alles müsse für immer so bleiben. Der amerikanische Vater fragte Dr. Edelman, warum sie das getan habe, aber er wußte keine Antwort, obwohl es Elżunia war, die Tochter Zygmunts, der gesagt hatte: ›Ich überlebe es nicht, aber du überlebst es, also denke daran, in Zamość, im Kloster ist meine Tochter . . .‹ Zygmunt traf dann den Scheinwerfer, infolgedessen konnten sie über die Mauer springen, und seine Tochter Elżunia fand Edelman gleich nach dem Kriege, aber helfen konnte er beiden nicht, weder Elżunia, die in New York starb, noch dem Mädchen, das hier starb.

So weißt du bis zuletzt nicht, wer wem ein Schnippchen schlägt. Manchmal freust du dich, daß es dir gelungen ist, weil du alles genau überprüft und vorbereitet und die Leute überzeugt hast, du weißt, daß nichts Schlimmes mehr passieren kann, aber Stefan, Marysias Bruder, fällt, weil die Freude ihn sprengt, und Celina, die mit ihnen auf der Prosta aus der Kanalisation gestiegen ist, stirbt. Er kann ihr vor dem Tod nur noch versprechen, daß sie würdig und ohne Angst sterben wird.

(Er ging dann zu Celinas Beerdigung, da waren sie zu dritt, die aus dem Kanal unter der Prosta, er, Masza und Pnina, und kaum sah ihn Masza, flüsterte sie: »Weißt du, heute habe ich ihn wieder gehört.« – »Wen?« fragte er. – »Tu nicht so, als wüßtest du das nicht«, antwortete sie zornig, »tu nicht so.« Man erklärte ihm, daß Masza wieder den Schrei des jungen Mannes gehört hatte, der nachsehen wollte, was die Nachricht ›im Nordteil des Ghettos warten‹ bedeuten sollte. Er wurde auf der Miła verbrannt und schrie den ganzen Tag, und Masza, die damals in einem nahen Bunker war, horcht heute auf der Straße und wartet, bis Pnina in das Geschäft zum Einkaufen geht – in dieser Stadt, 3000 km von der Miła und dem Bunker entfernt –, und flüstert: »Hör mal, heute wieder. Ganz besonders deutlich.«) Oder bei Abrasza Blums Wirtin klopft der Hausmeister an und sagt: »Bei Ihnen ist ein Jude«, schließt die Tür von außen und geht ans Telefon (den Hausmeister hat die AK nachher zum Tode verurteilt, aber Abrasza ist aus dem Fenster auf ein Dach gesprungen, hat sich die Beine gebrochen und so gelegen, bis die Gestapo kam). Oder ein Mensch stirbt auf dem Operationstisch, weil es ein Innenschichtinfarkt war, der weder bei der Koronarographie noch im EKG zu erkennen ist. Du denkst also an diese Schliche und wartest, auch wenn die Operation erfolgreich beendet ist.

Es folgen lange Tage des Wartens, denn jetzt erst wird sich zeigen, ob das Herz sich an die eingesetzten Venenstücke, an die neuen Arterien und an die Medikamente gewöhnt. Langsam beruhigst du dich und wirst sicherer. Und wenn die Spannung und die Freude ganz von dir abgefallen sind – dann erst machst du dir klar, was das für ein Verhältnis ist, einer zu vierhunderttausend.

1 : 400 000.

Ganz einfach lächerlich.

Aber jedes Leben ist für jeden Menschen volle hundert Prozent, also hat es vielleicht doch einen Sinn.

Anmerkungen des Übersetzers

Seite/Zeile	
	Die Decknamen der Widerstandskämpfer sind *kursiv* gesetzt (z.B. *Wacław, Jurek*).
9/16	FON – Fonds der Nationalen Verteidigung
9/24	ŻOB – Jüdische Kampforganisation
12/10	Anielewicz, Mordechaj (Mordka) – Kommandant der jüdischen Ghettokämpfer
12/24	Solec – Stadtteil Warschaus mit überwiegend ärmerer Bevölkerung
13/11	AK – Heimatarmee, Untergrundorganisation der polnischen Mitte- und Halbrechtsparteien
16/9	Sikorski – General W. E. Sikorski (1881 – 1943), Premierminister der polnischen Exilregierung in London und Oberbefehlshaber ihrer Streitkräfte
19/15	Czerniaków – Ingenieur Adam Czerniaków (1880 – 1942), Vorsitzender des Judenrats im Warschauer Ghetto
22/30	Warschauer Aufstand – der Aufstand der polnischen Widerstandsbewegung, hauptsächlich der AK, gegen die deutschen Okkupanten vom 1.8. bis 2.10.1944, der mit dem Ghettoaufstand vom 19.4.1943 nicht verwechselt werden darf
26/20	Żoliborz – Stadtteil im Norden Warschaus
26/26	Krystyna Krahelska – Meldegängerin und Dichterin der Heimatarmee, am 1. August 1944 gefallen
26/28	Sirene – das Wappenzeichen Warschaus, Denkmal am Weichselufer

28/26	›Wieczność‹ – poln.: Ewigkeit
33/23	Aufstand – gemeint istder polnische Aufstand gegen die zaristisch-russische Herrschaft, der im Januar 1863 ausbrach
58/15	Pawiak – Untersuchungsgefängnis des deutschen Sicherheitsdienstes (SD) in Warschau, in dem ca. 30 000 Polen ermordet wurden
60/13	Wlassow-Leute – Soldaten der russischen Truppen, die der 1942 übergelaufene General A. Wlassow auf deutscher Seite aus Kriegsgefangenen aufgestellt hatte
63/11	Brester Prozeß – politischer Prozeß in Warschau 1931/32 gegen einige Führer der parlamentarischen Opposition, die vorher in der Festung Brześć (Brest Litowsk) inhaftiert worden waren
70/21	Morskie Oko – Meeresauge, See bei Zakopane in der Tatra
70/23	Babia Góra – Berg in den Westlichen Beskiden
72/24	Dom Książki – poln.: Haus des Buches, staatliches Unternehmen mit fast 2000 Buchhandlungen in Polen
74/27	Mostowski-Palais – Warschauer Miliz-(Polizei-)Kommandantur, Untersuchungsgefängnis für Wirtschaftsstraftaten
79/6	Radogoszcz – Stadtteil im Norden von Lodz
80/22	AL – Volksarmee, Untergrundorganisation der polnischen Linksparteien
81/1	Sender Kościuszko – sowjetischer Sender, benannt nach dem polnischen Freiheitshelden Tadeusz Kościuszko (1746-1817)
81/7	sechzig Pistolen – die unterschiedlichen Angaben über die Zahl der Waffen im Ghetto sind heute offenbar nicht mehr zu klären; zudem beziehen sie sich auf verschiedene Zeiten

81/7 PPR – Polnische Arbeiterpartei
82/31 Szmalcownik – poln. Slangwort, jemand, der von Juden Geld erpreßte, indem er drohte, sie an die Deutschen zu verraten
94/27 ›Orbis‹ – Reisebüro- und Hotelkette in Polen
96/16 Zielonka – Ort nordöstlich von Warschau
97/30 Za Żelazną Bramą – poln.: Hinter dem Eisernen Tor
99/16 ›Schwäbin‹ – das polnische Schimpfwort für Deutsche ist szwab, szwabka, also Schwabe, Schwäbin
99/31 Halwa – in Polen verbreitetes Naschwerk orientalischen Ursprungs
101/16 Starost – in Polen vor dem Kriege Bezeichnung für den Landrat
105/17 ›Żegota‹ – Deckname des Vorläufigen Komitees für die Judenhilfe
111/30 1 Revolver – vgl. Anmerkung zu Seite 81/Zeile 7
112/22 *Świt* – poln.: Morgenlicht
117/27 *Grot* – poln.: Pfeilspitze
117/29 *Monter* – poln.: Monteur
117/31 *Szyna* – poln.: Schiene
118/1 Kedyw – Elite-Kampfgruppe der AK
121/13 *Kret* – poln.: Maulwurf
121/22 *Pszenny* – poln.: Weizenblond
122/29 blauer Polizist – die in blaue Uniformen gekleidete, aus Polen bestehende Polizei des Generalgouvernements wurde von den Widerstandskämpfern tief verachtet und der Kollaboration bezichtigt
123/6,8 Powiśle, Wola, Mokotów – Warschauer Stadtteile
123/26 Palmiry – Ort bei Warschau, wo die Gestapo 1939-1941 Massenexekutionen durchführte

127/30 *Słoniniarz* – poln. Speckmann

129/20 Grochów – Warschauer Stadtteil rechts der Weichsel

131/7 Es handelt sich um Rainer Maria Rilkes Gedicht *Das Lied des Selbstmörders.* Die letzte Strophe lautet vollständig:
Andere nährt es, mich macht es krank;
begreift, daß man's verschmäht.
Mindestens ein Jahrtausend lang
brauch ich jetzt Diät.

132/17 ›Bund‹ – jüdische sozialistische Arbeiterpartei, gegründet 1897, aufgelöst 1948

134/3 Poniatowa – Arbeitslager, Filiale des KZ Majdanek

Zur Aussprache der polnischen Namen

Im Polnischen spricht man alle Vokale kurz und offen aus, Doppelvokale (au und eu) getrennt, ie als je. Die Betonung liegt, von seltenen Ausnahmen abgesehen, immer auf der vorletzten Silbe.
Anders als im Deutschen werden folgende Buchstaben ausgesprochen:

ą		= on, in französisch: ballon
c		= tz, auch vor k
ć oder ci		= tj, zu einem Laut verbunden
ch		= hart, wie in deutsch: Dach
cz		= tsch, wie in Peitsche
ę		= in, in französisch: bassin
h		= ch, wie in deutsch: Dach
ł	etwa	= w, in englisch: water
ń		= nj, wie in spanisch: señor
ó		= u
rz		= j, in französisch: journal
s		= ß
ś oder si		= ßj, zu einem Laut verbunden, also weicher als ch in deutsch: Licht
sz		= sch, wie in deutsch: Schule
z		= s, wie in deutsch: Rose
ź oder zi		= sj (s dabei stimmhaft), zu einem Laut verbunden
ż		= j, in französisch: journal

edition suhrkamp. Neue Folge.

Als „nicht wegzudenkender Bestandteil des geistigen Lebens der Bundesrepublik Deutschland" wurde die edition suhrkamp bezeichnet. Diese Funktion möchte auch die Neue Folge übernehmen. Auch sie möchte Strömungen widerspiegeln und Impulse für neue Entwicklungen geben, Chronik und Anregung sein, Widersprüche zeigen und Widersprüche provozieren. Sie möchte eine Reihe sein, in der der Alltag differenziert betrachtet wird, in der der Mensch der Gegenwart sich erkennt, in seinen Problemen und Ängsten, in seinen Möglichkeiten und seiner Hoffnung. Die edition suhrkamp möchte, mit einem Wort, Forum sein für eine lebendige Literatur.

1
Gertrud Leutenegger: Lebewohl, Gute Reise
Ein dramatisches Poem

2
Hans Georg Bulla: Weitergehen
Gedichte

edition suhrkamp. Neue Folge.

3
Von nun an: Neue deutsche Erzähler
Herausgegeben von Hans-Ulrich Müller-Schwefe

4
Franz Böni: Hospiz
Erzählung

5
Bodo Kirchhoff: Body-Building
Erzählung, Schauspiel, Essay

6
Thomas Bernhard: Die Billigesser

7
Sinclair: Der Fremde
Erzählung

8
Octavio Paz: Suche nach einer Mitte
Die großen Gedichte. Spanisch und Deutsch

9
Tove Ditlevsen: Sucht
Erinnerungen

edition suhrkamp. Neue Folge.

10

Hoffnung auf Frühling

Moderne chinesische Erzählungen

Band 1: 1919–1949

Hundert Blumen

Moderne chinesische Erzählungen

Band 2: 1949–1979

11

Paul Feyerabend: Erkenntnis für freie Menschen

Revidierte Ausgabe

12

Norbert Elias:

Der bürgerliche Künstler in der höfischen Gesellschaft

Am Beispiel Mozart

13

Stanisław Lem: Dialoge

14

Leo Löwenthal

Ein autobiographisches Gespräch mit Helmut Dubiel

edition suhrkamp. Neue Folge.

15
William G. Niederland:
Folgen der Verfolgung: Das Überlebenden-Syndrom

16
Politik der inneren Sicherheit
Hrsg.: Erhard Blankenburg

17
Der gerechte Krieg. *Christentum, Islam, Marxismus*

18
Darcy Ribeiro: Unterentwicklung, Kultur, Zivilisation
Essays

19
Uwe Johnson: Begleitumstände
Frankfurter Vorlesungen

20
Walter Benjamin: Moskauer Tagebuch
Vorwort von Gershom Scholem
Hrsg.: Gary Smith

21
Dieter Leisegang: Lauter letzte Worte
Gedichte und farbige Miniaturen

edition suhrkamp. Neue Folge.

22
Renate Rubinstein:
Nichts zu verlieren und dennoch Angst
Vorwort von Norbert Elias

23
Hanna Krall:
Schneller als der liebe Gott
Vorwort von Willy Brandt

24
Roberto Calasso:
Die geheime Geschichte
des Senatspräsidenten
Dr. Daniel Paul Schreber

25
Nicolaus Bornhorn:
America oder Der Frühling der Dinge

26
Winfried Menninghaus:
Paul Celan. Magie der Form

27
Claude Lévi-Strauss: Mythos und Bedeutung

28
Der Neger vom Dienst. *Afrikanische Erzählungen*
Hrsg.: Rüdiger Jestel

edition suhrkamp. Neue Folge.

29
Rainer Malkowski: Das weiße Schloß
Erzählung

30
Roland Barthes: Leçon/Lektion

31
Das kontrollierte Chaos. Die Krise der Abrüstung

32
Die Museen des Wahnsinns und die Zukunft der Psychiatrie
Hrsg.: Manfred M. Wambach

33
Alejo Carpentier: Stegreif und Kunstgriff
Essays

34
Ernst Kris/Otto Kurz: Die Legende vom Künstler
Ein geschichtlicher Versuch

35
Horst Antes: Künstler machen Bücher
Hrsg.: Klaus Gallwitz